Janine Wagner

Männer mit Dutt
und andere Verhütungsmittel

Geschichten
von verwirrten Großstädtern

W0052744

Eulenspiegel Verlag

Für Mieke

Alles fing an mit Rolltreppen

Ich war ziemlich neu beim Radiosender rbb 88.8 und sollte was darüber schreiben, wer die Rolltreppe erfunden hat und wie viele es in Berlin gibt, und ich dachte nur: Wen zur Hölle interessiert das? Wie so oft in meinem Leben habe ich also etwas anderes getan, als von mir erwartet wurde, und eine Art Beschwerdebrief geschrieben an Menschen, die auf der Rolltreppe links stehen. Einen sehr fiesen Beschwerdebrief. Die Hörer haben es gehasst. Genau wie die anderen Beschwerden, die ich danach raus in die Welt gesendet habe. »Dieses Plappermaul spricht viel zu schnell … wir verstehen die Witze nicht …«

Ich durfte trotzdem weitermachen. Erst unregelmäßig, dann haben sie dem Kind, diesem schwarzen Schaf, einen Namen gegeben. »Berlin und Janine«. Meine eigene Kolumne also. Merkwürdigerweise fanden mit der Zeit immer mehr Leute gut, was ich da mache. Ich sollte irgendwann jeden Tag auf Sendung. Dagegen habe ich mich lange gewehrt, weil es meinem eigentlichen Lebensziel, »den ganzen Tag Burger essend auf der Couch rumlungern«, massiv im Weg stand.

Und nun sitze ich also jeden Tag ab 9 Uhr, nachdem ich meine Tochter in die Kita gebracht habe, bei einem Glas Rotwein und mit fast nichts an an meinem Schreibtisch und schreibe. Wie so ne echte Schriftstellerin. Ohne die Kolumnen wäre ich längst durchgedreht (also komplett).

Denn die Wahrheit sieht so aus: Ich gehe durch die Welt und nehme alles sehr intensiv wahr. Veränderungen. Gefühle von Menschen, ihre Motive dahinter. Ich frage mich, warum treiben Menschen bis zur Bessessenheit Sport? Welches verlorengegangene Gefühl wollen sie damit ausgleichen? Warum kaufen sich Menschen Bluetooth-Zahnbürsten? Sind sie dumm? Ich schreibe darüber und kann es dann weglegen.

Ohne das Schreiben hätte ich mich längst vor Überforderung durch mein eigenes Dasein und das der anderen auf ein Baumhaus nach Hawaii zurückgezogen. Oder wegen Geldmangels nach Brandenburg. Gott bewahre!

Auf jeden Fall:
Kaffee

Ich werde seit meinem fünfzehnten Lebensjahr nur mithilfe von Maschinen am Leben gehalten. Kaffeemaschinen!

Ich weiß ja nicht, wie Sie das morgens hinkriegen, aber ich bräuchte vor dem ersten Kaffee eigentlich ein Navigationsgerät, der mich in die Küche führt. Ist es nicht total unlogisch, dass man es schaffen muss, den ersten Kaffee zu kochen, bevor man ihn getrunken hat?

Eines der größten Rätsel der Menschheit sind ja Leute, die in solch einem Zustand schon reden können. Ich kommuniziere ohne Koffein eigentlich ausschließlich durch schwaches Atmen.

Hoffentlich werde ich als Kaffeemaschine wiedergeboren. Das würde morgens vieles leichter machen.

Nach sieben Tassen Espresso bin ich irgendwann wach genug, um zur Arbeit zu fahren, nach weiteren sieben bekomme ich vielleicht den Computer an. Und die Kollegen erst! Ohne genug Kaffee brauchen die immer erst 'nen Schlag mit 'nem Hammer auf den Hinterkopf, um wach zu werden. Ich erinnere mich an den Praktikanten, der zum Einstand eine Packung koffeinfreien Kaffee mitbrachte. Ob es ihm gut geht in dem Keller, in den wir ihn gesperrt haben?

Kaffee muss stark sein. Und damit meine ich richtig stark. Wenn ich ihn nicht in Scheiben schneiden kann, ist er zu lasch. Aber manchmal reicht selbst das nicht aus. Und deswegen werde ich irgendwann Kaffee erfinden, der sich noch im Bett selbst in meine Venen spritzt, und damit reich werden. Und hoffentlich endlich morgens wach.

»Da müssen Sie aber etwas Zeit mitbringen«: Im Wartezimmer

Das Sprichwort »Die Zeit heilt alle Wunden« ist sicherlich bei einem Arzt im Wartezimmer entstanden.

Voller naiver Zuversicht betrete ich die Praxis meines Hausarztes. Es sind nur vierhundertsechsundsiebzig Personen vor mir da, aber ich hab ja einen Termin. Lustig!

»Wie lange wird's denn dauern?«, frag ich die Arzthelferin.

»Na, wenn Sie Glück haben, sind Sie in zwei Stunden dran.«

Drei Stunden später denke ich: Zu viel Glück soll ja schlecht für den Charakter sein.

Mein Name wird aufgerufen. Oh, das ging jetzt aber doch recht fix. Aber nee. Ich soll mich erst mal wiegen. Was ja schon schlimm genug ist. Aber als besondere Folter steht die Waage direkt neben dem vollen Wartezimmer und kann sprechen.

Dann wieder zurück. Neben mir sitzt ein alter Mann, der die BRAVO liest. Meine Güte, ist der etwa hier in diesem Zimmer vom Teenie zum Opa geworden? Ich sitz mittlerweile auch schon so lange hier, die Arzthelferin geht zum dritten Mal zum Fenster, um die Blumen zu gießen. Die Mutter neben mir verliert mehr und mehr die Nerven. Sie sagt zu ihrem plärrenden Sohn: »Kilian-Donovan, lass mich in Ruhe und spiel Farmwill mit dein Hendi!«

Auch ich lenke mich ab und lese die BRAVO. Aha, Fabi von den Killerpilzen hat jetzt kurze Haare. Dann mache ich noch den Test, welcher »One Direction«-Boy mich heiraten würde. Es ist Harry. Keine Ahnung, wer das ist, aber ich hoffe, er hat eine private Familienkrankenversicherung.

Irgendwann darf ich das Untersuchungszimmer betreten und mache mich schon mal oberkörperfrei. Ich nehme mir einen der Äpfel, die für Patienten daliegen. *An apple a day keeps the doctor away.* Eine halbe Stunde später: der *doctor* ist immer noch *away*. Wieso hab ich nur den Apfel gegessen?

Irgendwann, ich habe mittlerweile drei Bücher geschrieben und die String-Theorie bewiesen, kommt der Doc. Er erwischt mich dabei, wie ich mir mit dem Ohrengucker in die Nase leuchte. »Na, warum sind Sie denn hier?«, fragt er.

»Ganz ehrlich? Ich weiß es nicht mehr!«

Entbinden Sie gleich?: Männer, die breitbeinig in der U-Bahn sitzen

Liebe Männer, die S-und U-Bahn fahren! Es geht nicht mehr so weiter.

Warum müssen die meisten von Ihnen so breitbeinig in öffentlichen Verkehrsmitteln sitzen, dass ich kaum noch auf meinen eigenen Sitz passe? Warum beanspruchen Sie so viel Platz? Haben Sie Medizinbälle zwischen den Beinen? Während Frauen fast immer mit übereinander-geschlagenen Beinen und Händen auf dem Schoß dasitzen und sich möglichst klein machen, verwenden Männer gerne mal ganz selbst-verständlich zwei Sitze.

Es spricht natürlich nichts dagegen, beide Beine auf den Boden zu stellen. Aber es gibt Männer, die sitzen so breitbeinig, dafür üben Turnerinnen Jahre.

So breitbeinig wie manche in der U-Bahn war ich noch nicht mal bei der Entbindung meiner Tochter. Das wollten Sie jetzt nicht wissen? Glauben Sie, ich will, dass Sie mir in einer Art gegenübersitzen, dass ich mal eben das Urologiestudium absolvieren kann, das ich nie machen wollte?

Also reißen Sie sich zusammen! Sie sind keine Affen mehr, die auf einem Baum sitzen! Sie sind Affen, die in einer U-Bahn sitzen!

Rätsel der Menschheit:
Angemalte Augenbrauen

Wenn ich durch die Stadt laufe oder den Fernseher einschalte, muss ich leider feststellen: Aufgespritzte Lippen wurden vom Thron des schlechten Geschmacks gestoßen. Und zwar von aufgemalten Augenbrauen.

Ich sehe viele Frauen, die ihre Augenbrauen wegrasiert haben, nur um sie dann mittels Permanent-Make-up oder so etwas wie einem Edding durch zwei viel zu hohe Halbmonde zu ersetzen: Himmelherrgott! Wie konnte das passieren?

Gibt es derart krasse Fehlbildungen bei Augenbrauen, die dringend ein Rasieren und erneutes Pinseln erfordern? Wurde da versucht, einen Pickel auf der Stirn zu überdecken? Was kommt als Nächstes? Sich ein Bein herausreißen und mit Lippenstift nachmalen? Gibt es irgendeinen Mann auf der Welt, der beim Anblick einer Frau denkt: »Sie wäre viel heißer, wenn sie ihre Augenbrauen abrasieren und nachmalen würde!«? Na gut, vielleicht der Mann von Daniela Katzenberger.

Wie oft habe ich, sagen wir im Bus, das muttimäßige Bedürfnis, zu Frauen mit Edding-Augenbrauen hinzugehen, ins Taschentuch zu spucken und ihnen die Dinger wegzurubbeln!

Liebe Frauen, tätowierte Augenbrauen sehen so unnatürlich aus, da muss sogar Barbie den Kopf schütteln.

Frauenzeitschriften raus aus Deutschland!: Bikinifigur

Ich neulich am Zeitungsstand. Vermutlich aus dem normalem Selbsthass heraus, den jede Frau gegen sich nun einmal zu hegen hat, blättere ich in der Zeitschrift *Glamour*.

Der Inhalt lässt sich kurz zusammenfassen. Seite eins bis anderthalb: »Lieben Sie sich so, wie Sie sind!, Seite anderthalb bis fünfzig: »Endlich aussehen wie Heidi Klum!«, Seite einundfünfzig bis hundert: »Zwanzig Kilo abnehmen in zwei Tagen, die Wasserdampf-Diät.«

Die Zeitschrift *Lisa* fragt mich: »Haben auch SIE zugenommen?« Liebe Lisa! Natürlich hab ich zugenommen, ich wog mal dreitausend Gramm!

Und alle nerven sie mit dieser verdammten Bikinifigur. Langsam habe ich das Gefühl, der Sommer ist nur eine Erfindung der Frauenzeitschriftenindustrie!

Die *Brigitte* will wissen: »Haben Sie schon eine Bikinifigur?« Ich kiek an mir herunter: Ja, ZWEI! Ich meine, ist es nicht megaeinfach? Bikini über die Figur: Zack, Bikinifigur!

Aber nein, stattdessen werden einem die blödsinnigsten Diäten ans angeblich verfettete Herz gelegt. Es ist schon sehr merkwürdig: Frauen erkennen bei ihren Männern und Kindern jede noch so kleine Lüge, aber wenn irgendwo steht, wir könnten mit der

Bouletten-Diät fünfzehn Kilogramm in einer Woche abnehmen – das glauben wir.

Ich selbstverständlich auch.

Die »Zehn-Kilogramm-runter-in-zehn-Tagen-ohne-Alkohol« hab ich auch gemacht. Hat nichts gebracht. Seitdem sauf ich mich wieder jeden Tag schlank.

»Friss die Hälfte«, das war ganz gut: Nach einem halben Nutella-Glas war ich immer einigermaßen satt. Und danach hatte ich tatsächlich so etwas wie eine Bikinifigur: In meinen BADEANZUG hab ich mit DER Wampe jedenfalls nicht mehr hineingepasst.

Vor Betreten bitte impfen: Die Büroküche

Bevor ich unsere Büroküche betrete, lass ich mich immer erst einmal komplett durchimpfen. Aber sagen wir es wohlwollend: Wie im Musterküchen-Fachgeschäft sieht's hier nicht gerade aus.

Natürlich AUF, nicht IN der Spülmaschine stapelt sich das Geschirr. Ich stell meins selbstverständlich auch noch dazu! Denn ich bin bestimmt nicht dran mit Spülmaschinendienst. Von mir sind ja höchstens zwei bis drei … hundert Tassen. Außerdem hab ich vor vier Jahren mal die Tintenpatrone vom Drucker gewechselt.

Mal sehen, was im Kühlschrank los ist. Meine Tupperdosen erkenne ich immer sofort: Da wölbt sich merkwürdigerweise immer der Deckel nach oben. Da geh ich gar nicht erst ran. Wie süß, irgendjemand hier scheint seinem Erdbeerjoghurt Namen zu geben. Gleich mal den »Steffens!!!!« probieren. Dem Geruch nach zu urteilen ist er mittlerweile zur Geschmacksrichtung Alter Wirsing-Mango konvertiert. Ich mache mir Sorgen: Falls es bei uns zu Kündigungen kommen sollte, hätten einige Joghurts in diesem Kühlschrank wegen ihrer längeren Betriebszugehörigkeit bessere Aussichten als ich. Ich schreie durch den Gang: Sagt mal, Leute, die in Sütterlin beschriftete Milchflasche im Kühlschrank kann doch weg, oder?

Iih, was ist das denn? Vergammelter Tofu? Hat mich das gerade gebissen? Oh, es ist ein Spülschwamm! Und jetzt eine neue Folge aus der Reihe »Was Oma noch wusste«: Riecht der Spülschwamm seit vier Monaten nach Erbrochenem, wird es ganz langsam Zeit, ihn auszutauschen. Na, ich mach das bestimmt nicht!

Ach komm, es wird nicht mehr lange dauern, und das Leben, das in dieser Küche erschaffen wurde, wird hier schon irgendwann selbst sauber machen.

Verhütungsmittel:
Männer mit Dutt

Da dachte man, in den Neunzigern wäre mit dem Vokuhila beim Mann schon das unterste Level der Geschmacksskala erreicht, aber nein! Heutige Männer sehen aus wie schlecht rasierte Ballerinas. Ja, es gibt einen neuen Frisurentrend: den Männerdutt. Oben mittig auf dem Kopf ein kleiner Haarknäuel, manchmal sind die unteren Haare geöffnet. Schön, dass Männer endlich ohne Umschweife zeigen können, wenn sie mit ihrem Sexualleben abgeschlossen haben.

Aber muss das wirklich so aussehen? Ich meine, Berlin-Mitte. Das ist so schön da. Wenn nur die Menschen nicht wären. Alle sind total individuell. Massenindividuell. Fast jeder Typ dort trägt jetzt einen Knödel auf dem Kopf. Der Anblick ist trotzdem jedes Mal verstörend. So schnell können meine Augäpfel gar nicht nachwachsen, wie ich sie mir herausreißen will. Entschuldigen Sie, sind Sie ein japanischer Kriegsfürst? Was soll uns Frauen eigentlich noch zugemutet werden? Männer quetschen sich in hautenge Jeans und rasieren sich die Beine.

Dabei wird immer so viel über die niedrige Geburtenrate gesprochen … Frauen würden lieber Karriere machen, die Selbstverwirklichung sei schuld, blablabla. So was wie Männer mit Dutt wird da als möglicher Grund völlig ignoriert. Welche Frau will mit einem Typen ins Bett, der aussieht wie sie, wenn sie gerade aus der Dusche kommt?

Ich sehe mich trotzdem in der Pflicht, mit all den Dutt tragenden Männern ins Bett zu gehen … um ihnen die Dinger nachts heimlich abzuschneiden.

Bitte lassen Sie das:
Duzen!

Vermutlich bin ich mit meinem Unbehagen mal wieder allein, weil SIE sich ja alle gegenseitig duzen! Aber mich halten Sie bitte da raus! In jedem x-beliebigen Geschäft werde ich inzwischen kumpelhaft geduzt.

Im Schuhladen beispielsweise. Die Verkäuferin fragt mich: »Möchtest du noch das Imprägnierspray mitnehmen?« Erstens: Wenn ich beim Schuhe Kaufen noch ein einziges Mal gefragt werde, ob ich Imprägnierspray kaufen will, laufe ich Amok. Und zweitens: Haben Sie mir in meiner Jugend mal beim Kotzen die Haare nach hinten gehalten oder warum duzen Sie mich?

»Wir duzen uns hier alle. Das ist unsere Firmenmentalität!« Es ist mir verdammt noch mal egal, was Ihre Mentalität ist. Solange wir weder miteinander gesoffen noch geschlafen haben, duzen Sie mich nicht! Ach, noch nicht einmal Leute, die mit mir geschlafen haben, dürfen mich duzen.

Und hey, Deutsche Post, Deutsche Bahn, Deutsche Bank! Von wegen: »Dein Paket kann abgeholt werden«, »Buche jetzt ein Sparticket«, »Eröffne dein Konto«. Lassen Sie das! Kunden duzen ist NICHT hip und jung, sondern peinlich! Wenn ich geduzt werden will, fahre ich zu Ikea. Die haben wenigstens Köttbullar.

Verhütungsmittel:
Der Fahrradhelm

Leider haben wir nicht alle so einen natürlichen Haar…, äh, Fahrradhelm wie Jogi Löw, aber gut, Pech gehabt. Trotzdem wird immer wieder über eine Fahrradhelmpflicht diskutiert. Ich meine, die für Lehrer muss doch ausreichen.

Das wichtigste Argument gegen den Fahrradhelm, und das weiß der Fahrradhelm selbst: er sieht einfach stulle aus. Männer mit Fahrradhelm kriegen nie eine Frau ab und wenn, nur eine mit Fahrradhelm, und das muss man auch erst einmal wollen.

Einen Helm kann man tragen, wenn es richtig gefährlich zugeht. Bei einer Reise ins Weltall, auf dem Nürburgring oder beim Sex. Ansonsten

sag ich: Schluss mit der Vernünftisierung der Gesellschaft! Leute mit Fahrradhelm trinken auch am liebsten Weinschorle. Sie kaufen sich Bücher wie »Vernünftig streiten«, und wenn sie mal zum Fußball gehen, verlassen sie das Stadion schon in der Halbzeit: »Damit wir nicht in den Stau kommen.« Alles muss sicher sein. Sicher, sicher, sicher.

Für mich allerdings gilt auch weiterhin: Mit einer Styroporschüssel meine Coolness ruinieren? Niemals!

Fashion Week AKA:
Fasching Week

Bitte erschrecken Sie sich nicht, wenn Sie in Berlin-Mitte unterwegs sind. Die drehen da keinen neuen Horrorfilm. Nein, es ist einfach wieder so weit: Fashion Week. Oder treffender: Fasching Week.

Frauen tragen jetzt Federponchos, Badeschlappen und Schlaghosen aus Samt. Männer tragen zeltgroße Tücher, bauchfreie Pullover und Flechtfrisuren. Und offenbar sind seit neuestem Lederwesten auch außerhalb der Busfahrerszene angesagt. Wer nicht weiß, was hier los ist, könnte meinen, die Irrenanstalt hätte Wandertag.

Auch wenn immer wieder gern das Gegenteil behauptet wird: Berlin ist für die internationale Modewelt so bedeutend wie Dieter Bohlen für die Quantenphysik. Also alle, die da gerne mal dabei sein wollen: Vergessen Sie's! Sie erwarten Stars und Glamour? Sie bekommen jede Menge Ü- bis Z-Promis: Wilson Gonzalez Ochsenknecht, Claudia Effenberg und da, die eine, die mal den siebzehnten Platz bei DSDS gemacht hat.

Vermeintlich bekannte Menschen unterbieten sich in ihrer Klamottenauswahl. Eine Frau mit gepunkteter Hose und Fellrock will interviewt werden. Äh, ja, äh, hallo, na dann sagen Sie mal, wer hat Sie heute morgen eingekleidet? Stevie Wonder?

Auf den Laufstegen präsentieren Models mit der Ausstrahlung eines heulenden Steins, was bald in die Läden kommt … Und wie ich das schon mal überblicken konnte, können sich demnächst wieder alle anderthalb Menschen auf diesem Planeten freuen, denen Kleider aus Mullbinden gut stehen.

Also, wenn ich mir das alles so ansehe, ergibt sich für mich nur ein Fashion-Week-Fazit: Menschen sollten immer so nackt wie möglich sein.

Rätsel der Menschheit:
Künstliche Fingernägel

Manchmal bin ich im Nagelstudio, einfach weil ich zu blöd zum Feilen bin. Wenn ich dann sage: »Nein, ich möchte kein UV Acryl pink and white french overlay, bitte einfach nur feilen«, werde ich angeguckt, als hätte ich gerade einen Mord gestanden.

Die anderen Frauen hingegen scheinen in den Laden zu kommen und zu sagen: »Ich weiß nicht, was ich will, machen Sie einfach alles drauf. ALLES!« Und dann geht's los. Was alles Platz findet auf so einem Nagel! Strasssteinchen, Blumensticker, Glitzerherzen, alles in Neon. Ich glaube, hier gibt es sogar Neonschwarz.

In der S-Bahn sehe ich oft Frauen, gegen die wirkt Barbie maskulin. Diese künstlichen Fingernägel werden nur noch getoppt von herausgewachsenen künstlichen Gelfingernägeln.

Ist das vielleicht ein geheimes Verhütungsmittel, von dem ich nichts weiß? Welcher Mann sagt bei solch einem Anblick: »Geil, diese Frau da mit den Tipp-Ex-Nägeln, die beim SMS schreiben so schön auf dem Smartphone klappern, die soll die Mutter meiner Kinder sein!«? Die Dinger sind ja auch kilometerlang. Ich meine, damit kann man doch nichts mehr machen. Hätte ich solche Fingernägel, ich bräuchte einen Pfleger!

Ich finde künstliche Fingernägel ja so geschmackvoll wie 'ne Reiswaffel, aber einen Vorteil haben sie: Es muss toll sein, immer zehn kleine Löffel dabei zu haben.

Rätsel der Menschheit:
Anstehen für einen Gemüsedöner

Neues aus der Serie »Dinge, die ich nicht verstehe«, Folge achthundertfünfundsiebzig: Die Schlange vor Mustafas Gemüsedöner in Berlin-Kreuzberg.

Ich liebe Döner, ich habe eigentlich ständig einen dabei. So wie andere Frauen eine schicke silberne Clutch in ihrer Hand tragen, halte ich einen schicken silbernen Döner. Aber dafür stundenlang anstehen? Es mag irgendwo im Weltall intelligentes Leben geben – hier sicher nicht!

Länger als die Schlange vor Mustafas Gemüsedöner sind eigentlich nur noch Schlangen vor öffentlichen Frauenklos.

»Der ist aber gesund. Mit Gemüse«, sagen dann alle. Mit frittiertem Gemüse. Genau, so gesund wie Fleischsalat. Ich würde mir eher meine Beine zur Schleife knoten, als mich mit hundert anderen Menschen für egal was anzustellen, weil irgendein Reiseführer gesagt hat, dass das cool sei. Aber gestern bin ich mal wieder daran vorbeigefahren und hab mir Sorgen gemacht. Berlin braucht dringend mehr Touristen. Die Schlange war nur fünfundzwanzig Meter lang. Es war allerdings sechs Uhr morgens. Und das Ding war noch geschlossen.

Merkt es euch, Leute: Auf Fastfood zu WARTEN, ist einfach nur absurd!

Die Krone der Schöpfung:
Menschen auf Flughäfen

Dass der Mensch die fortschrittlichste Spezies auf unserem Planeten ist … Nirgends zweifle ich so sehr daran wie beim Be- und Entsteigen eines Flugzeugs.

Beim Boarding: Kaum steht eine Mitarbeiterin am Schalter, stürmen die Menschen diesen und drängeln sich einen ab. Was geht in diesen Leuten vor? »Bloß schnell anstellen, o Gott! Wenn ich mich nicht in der 100 m langen Schlange einreihe, fliegt das Flugzeug ohne mich los!«

Wahrscheinlich liegt es an dem sogenannten »Priority Boarding«. Ja genau, ich würde gern zehn Minuten früher als der Pöbel auf einem ekelhaften Sitz Platz nehmen, um da meine unfassbare Beinfreiheit zu genießen. Dafür bezahl ich natürlich fünfzig Euro mehr.

Und was soll eigentlich dieser Drang vieler Menschen, sobald sie dann im Flugzeug sitzen, an den Knöpfen über sich herumzufummeln, ohne zu wissen, was sie da tun? Soll das sagen: »Guckt alle, wie ich hier professionell herumhantiere … Ich flieg so oft … Ich bin so kosmopolitisch«?

Klar gibt's auch normale Menschen im Flugzeug. Nur sitzen die nie in meinem.

Wenn mein Vordermann sofort nach dem Platznehmen seinen Sitz nach hinten donnert, sage ich gerne: »Sie stehen als Erstes auf meinem Speiseplan, wenn wir auf einer einsamen Insel notlanden, Freundchen!« Ich meine, bei so etwas sieht der Internationale Gerichtshof für Menschenrechte weg? Menschen, die im Flugzeug einfach so ihren Sitz zurückstellen, müssen keine rechtlichen Konsequenzen fürchten.

Und sobald das Flugzeug dann gelandet ist, scheint sich in den Köpfen einiger Menschen folgende Szene abzuspielen: »O mein Goooott, wir sind gelandet. Schnell aufstehen, sonst hebt der Pilot wieder ohne uns ab!«

Also wird blöd auf dem Gang herumgestanden oder mit über den Sitznachbarn geknicktem Kopf eine Nackenzerrung riskiert. Wäre ich Stewardess, würde ich die Türen aus purer Gehässigkeit noch dreißig Minuten länger geschlossen lassen.

Okay, okay, ich beruhige mich schon wieder. Ich fliege demnächst nach Mallorca … Lesen Sie dann eine neue Folge »Rätsel der Menschheit«: Warum Leute nach der Landung klatschen.

Dschungelprüfung für Normalos:
Grüne Woche

So, Freunde der Reizüberflutung, einmal im Jahr ist es so weit: Grüne Woche in Berlin. Ernährungs- und Landwirtschaftswoche. Endlich gibt's Neuigkeiten aus der Rote-Beete-Smoothie-Branche und der Welt der Fischzucht. Wenn nur die anderen zwei Milliarden Besucher nicht wären!

Let's go durch die Hallen des Wahnsinns. Von Leuten, deren Dialekt ohne Probleme auch als Verhütungsmittel durchgehen könnte, lasse ich mir drei Quadratmeter große Papiertüten in den Unterleib rammen.

Auf der Bühne sehe ich ein Interview mit dem Vorsitzenden des Besamungsvereins Neustadt an der Aisch und Tänze saarländischer Pastinakenbäuerinnen. Ich probiere Euterbratwurst, Eichhörnchengulasch und Nierchen-Marmelade. Die »Grüne Woche«: die Dschungelprüfung der kleinen Leute. Da, Widderhoden! Igitt! »Püriert geht das aber«, kommentiert die Verkäuferin.

Ich mache Pause an einem Stand, der offenbar Vanilleshakes anbietet. Das kenn ich, das nehm ich. Zu spät merke ich: Es ist Chicorée-Milchshake. Der »Chicorista« will mir auch noch den Chicorée-Shitake-Shake andrehen. Da er umsonst ist, muss ich ihn auch nehmen.

In der Osteuropahalle bieten mir Menschen in Kostümen, die ich sonst nur aus »Drei Haselnüsse für Aschenbrödel« kenne, Gemüsebürger aus Tschernobyl an und füllen mich mit zweihundertprozentigem Wodka ab, den ich aus einer Balalaika trinken muss.

Fressend, saufend und blöd winkend über die Grüne Woche zu ziehen – ich kann das mittlerweile so gut, ich könnte auf der Stelle Landwirtschaftsministerin werden.

»Ich bin Janine«:
»Und ich bin Veganer«

Um das klarzustellen, ich habe überhaupt nichts gegen absurde Lebensformen. Von mir aus können Menschen kein Fleisch essen oder nur Fleisch oder nur Obst, das drei Mal auf den Boden gefallen ist. Aber ist es wirklich noch so, dass im einundzwanzigsten Jahrhundert irgendjemand glaubt, damit Eindruck schinden zu können? Ja, vielleicht gibt es irgendwelche Käffer in dieser Republik, Bad Schmiedeberg, Bautzen, alles in Brandenburg … in denen Menschen beeindruckt der Mund offensteht, wenn einer sagt: »Ich bin Veganer.« Ich für meinen Teil kann sagen: Hören Sie auf, andere Leute mit Ihrem spießigen Ernährungsgequatsche zu belästigen!

Menschen sind sowieso schon nicht so meine Sache, aber wenn Sie dann noch am Anfang eines Gesprächs ihren gesunden, außergewöhnlichen Lebensstil zum Thema machen, dann hoffe ich einfach nur, dass möglichst bald ein Raumschiff landet und mich abholt.

Ich war schon auf Partys und wenn ich mich mit »Hallo, ich bin Janine« vorgestellt hab, bekam ich als Antwort: »Hallo, ich bin Fruitaner.« Jaja, wir haben's alle kapiert. Toller Mensch und so, blabla.

Ich warte noch auf den Fernsehbericht eines tragischen Amoklaufs. Der Reporter befragt die Augenzeugen.

Erster Augenzeuge: »Ich bin erschüttert.«

Zweiter Augenzeuge: »Ich bin fassungslos.«

Dritter Augenzeuge: »Ich bin laktoseintolerant.«

… oder darauf, dass in einem Flugzeug gerufen wird: »Ist hier ein Notarzt?« Und irgendein Hipster aufsteht und ruft: »Nein, aber ich bin Vegetarier.«

Allerdings ist es zu manchen Menschen jetzt schon durchgedrungen, dass man doch nicht mehr so viel Eindruck schindet, wenn man Fremden unaufgefordert von seiner Abneigung gegen Fleisch Schrägstrich Weißmehl Schrägstrich alles, was die anderen essen, erzählt.

Es gibt jetzt ein neues Thema, worüber vor allem Freundinnen alternativer Lebensformen gerne jederzeit sprechen möchten. Als ich neulich auf einer Grillparty sagte: »Ich benutze immer noch gerne Holzkohle«, bekam ich die völlig logische Antwort einer Frau: »Und ich benutze eine Menstruationstasse!«

Zu doof zum Grüßen:
Kita-Eltern

Jeden Morgen, wenn ich im Kindergarten meiner Tochter ankomme, denke ich: Wann wird endlich der Elternführerschein eingeführt? Den meisten Eltern scheint es absolut unmöglich zu sein zu grüßen. In jeder Todeszelle sagen die Leute ambitionierter »Guten Morgen!« als hier.

Ich gehöre sowieso schon zu den bemitleidenswerten Menschen, die immer als erstes »Guten Morgen« sagen, wenn ihnen jemand entgegenkommt. Aber wenn ich es sage und erhalte noch nicht einmal eine ANTWORT, dann geht mir echt das Klappmesser in der Hosentasche auf.

Ganz ehrlich, auch ich kann mir Schöneres vorstellen, als morgens um halb acht ein trödelndes Kind in die Kita zu bringen. Glauben Sie etwa, ich hasse andere Eltern nicht auch abgöttisch? Trotzdem wurde mir beigebracht, zu grüßen, wenn ich einen Raum betrete, und zurückzugrüßen, wenn mir jemand »Hallo« sagt. Und Sie, wer hat Sie zu so einem Miesepeter erzogen? Bernd das Brot?

Oder am Nachmittag, wenn ich die Garderobe der Kinder betrete und den anwesenden Eltern »Hallo« sage, was nun wirklich keine herausragende Antwort verlangt ... Glauben Sie, da erwidert einer den Gruß? Stattdessen quatschen die mit einem dusseligen Stuss auf ihre Kinder ein: »Fass das Plastikspielzeug nicht an!«, »Was, ihr wart heute bei dem stürmischen Regen nicht draußen an der frischen Luft?«, »Heute hast du noch Schachkurs, Frederik, das ist wichtig für die simultane Ausbildung deiner rechten und linken Gehirnhälfte.«

Alles klar. Aber die simpelsten menschlichen Umgangsformen wie Menschen angucken oder Hallo sagen lernt Frederik natürlich nicht. Die nächste Generation Narzissten ist uns auf jeden Fall sicher.

Ich hab jetzt auch beschlossen: Ich muss nicht alle Eltern GRÜßEN! Bei manchen reicht auch einfach ein Klaps auf den Hinterkopf.

Kennste eins, kennste alle:
Einkaufszentren

Über siebzig Einkaufszentren gibt es in Berlin! Was, so wenig? Ich hätte gern an jeder Ecke eins. Ach komm, zwei!

Wer braucht schon günstige Wohnungen? Lieber noch ein weiterer formschöner Klotz. Entschuldigung, eine Arcaden-Center-Karree-Passage. In der heutigen – Achtung, Floskel – schnelllebigen Zeit ist diese Art von Orientierungshilfe nur zu begrüßen.

Das Eastgate in Berlin-Marzahn zum Beispiel … Ich war zwar noch nie da, weiß aber trotzdem genau, wie es da aussieht. Im Erdgeschoss ein Douglas, oder wie meine Mutter sagt: ein Dagläss. Daneben das Eiscafé Venetia mit immer denselben zwei Kilometer hohen Eisbergen. Im Hussel gibt's Schokolade in Form von Fahrrädern, in Klamottenläden, die Bonita oder Biba heißen, kauft die Frau ab vierzig T-Shirts mit albernen Stickereien drauf.

Das Untergeschoss … Iih, das Untergeschoss … Das Untergeschoss ist das Brandenburg unter den Einkaufsetagen: Verirrt man sich mal hin, ist aber immer irgendwie ranzig, will man schnell wieder zurück ins Licht. Auf jeden Fall ist immer ein »Nanu-Nana« dabei. Wenn ich mal ein Geschenk brauche für jemanden, den ich nicht leiden kann, dann geh ich zu »Nanu-Nana«. Welcher Geistesgestörte hat diese Ramschbude überhaupt erfunden? Ich fahr eigentlich nur in die untere Etage, damit ich mir an der Seite der Rolltreppe die Schuhe putzen kann.

Trotzdem: Einkaufszentren sind viel besser als das ach so tolle Geschäft nebenan. Mal ehrlich, diese kleinen aber fei… kleinen Läden nerven doch nur!

»Kann ich Ihnen helfen?« NEIN! Bei H&M werde ich nie so belästigt, da sind die dreizehnjährigen Verkäufer Gott sei Dank damit beschäftigt, die nach Pipi riechenden Umkleidekabinen zu entrümpeln. Ekelhaft! Na dann mal ganz schnell zu Dagläss!

Das Sixpack auf meiner Stirn:
Falten

Wenn ich früh aufstehe, brauch ich erst mal einen Kaffee. Wenn ich dann in den Spiegel gucke, denk ich: Und 'ne Knarre.

Meine Falten sind meinem Alter eindeutig voraus! In meiner Zornesfalte kann ich mittlerweile Dinge verstauen. Portemonnaie und so. Bisher hatte ich einen sehr wirksamen Trick gegen Falten. Ich hab einfach nie meine Klamotten gebügelt. So sind meine Falten in der Masse untergegangen. Aber mittlerweile sieht sogar Keith Richards neben mir aus wie ein Dreijähriger.

Jedes Mal wenn die Gören, äh die lieben Kinder, aus der Kita meiner Tochter mich siezen, dann spüre ich: Gott, der alte Bildhauer, hämmert mir gerade eine weitere Zornesfalte zwischen die Augen.

Ich also zu meiner Tochter: »Maus, Mami will jünger aussehen!« Sie so: »Hier, mein alter Schnuller.«

Ich könnte mir ja Botox spritzen lassen. Aber am Ende seh ich noch aus wie Promis, bei denen das danebenging. Ich meine, wenn ich mit zweihundertdreiundsiebzig Jahren noch so gut aussehe wie Donatella Versace – okay. Aber jetzt?!

Ich werde diese Sache mit dem Älterwerden einfach mit Würde ertragen. Mal eine ganz andere Sache: Kennt irgendjemand einen Baumarkt, der schon früh um sechs Leitern und Seile verkauft?

Traumberuf Physiotherapeutin:
Die Jogginghose

Karl Lagerfeld hat mal gesagt: »Wer Jogginghose trägt, hat die Kontrolle über sein Leben verloren.« Also halb Berlin? Und wenn schon.

Ich bin totaler Jogginghosen-Fan, aber mal ehrlich: Für ein Kleidungsstück, in dem man vor allem nichts tut, hat die Jogginghose einen recht unpassenden Namen.

Es gibt Momente, in denen ich mich frage: Habe ich vielleicht gar nicht zugenommen, weil ich ein Kind bekommen hab, sondern weil ich zu viel esse? Na und, dann zieh ich mir einfach meine Schlabberbuxe an und esse weiter. Denn das Schöne ist ja: Hat man mal zwei oder zweihundert Kilo mehr auf den Rippen, völlig egal! In Jogginghose sieht man immer blöd aus.

Jaja, für viele ist die Jogginghose ein Symbol dafür, dass sich der Partner gehen lässt. Ich sag immer, wer mich in Jogginghose nicht mag, hat mich auch popelnd und mampfend auf der Couch nicht verdient. Auch mein Partner darf ruhig zur Lümmelhose greifen. Und sollte sich entgegen aller Erwartungen doch mal ein Mann finden, der mich zur Frau nimmt, um sein Leben mit mir auf der Couch zu verbringen, dann sag ich: »Schatz, heute ist Hochzeit, steck dein Hemd in die Jogginghose!«

Seit einiger Zeit muss ich aber feststellen, dass irgendwelche hippen Szeneleute versuchen, meine Jogginghose gesellschaftstauglich zu machen. Nur kostet sie jetzt dreihundert Euro und heißt »Loungewear«.

Das ist natürlich inakzeptabel. Eine Jogginghose gehört nicht in die Bar in Mitte, sondern an den Getränkeautomaten im Weddinger Gesundbrunnen-Center. Wo Sie mich übrigens jeden Montagmorgen treffen.

Trotz dieses beneidenswerten Lebensstils habe ich doch einen Fehler gemacht, nämlich den falschen Beruf gewählt. Denn eins weiß ich: Im nächsten Leben werde ich Physiotherapeutin. Dann werd ich fürs Jogginghosetragen auch noch bezahlt.

Unmöglich:
Namen merken

Eine meiner großen Schwächen ist es, den Namen von Menschen, die sich mir vorstellen, im selben Moment zu vergessen.

Ich will nicht sagen, dass ich mir schlecht Namen merken kann, aber gestern zum Beispiel hatte ich Besuch von meinem Bruder, dem … na … na dem Dingsbums eben.

Als Kind hatte ich einen Hamster namens Hamster.

Es ist ein Wunder, dass ich überhaupt weiß, wie meine Tochter heißt. Ich meine, ich lache immer über Menschen, die sich die Namen ihrer Kinder auf den Arm tätowieren lassen, aber hey: das Gedächtnis … das unbekannte Wesen!

Ich kann mir den Namen von jemandem, der sich mir vor zwei Minuten vorgestellt hat, nicht merken. Aber fragen Sie mich nach einer beliebigen Werbe-Melodie aus den Neunzigern und, na ja, hier: »Weck ihn auf den Tiger, zeig Ihnen, dass du es kannst …«

Ich war in meiner Pubertät einmal mit einem Jungen zusammen und wusste drei Wochen lang nicht, wie der noch mal hieß. Und je mehr Zeit verging, desto unmöglicher wurde es, zu fragen. Hab dann mit »Schatz« Schluss gemacht.

Später ging das so weiter. Wenn ich einen Typen mit nach Hause genommen habe, wusste ich am nächsten Morgen nicht mehr, wie er hieß. Dem Kapitalismus sei Dank kann ich heutzutage mit den Männern zu Starbucks gehen. Da wird man bei seiner Kaffeebestellung nach dem Vornamen gefragt.

Unmöglich:
Müll auf die Straße werfen

Es gibt kaum etwas, das ich mehr hasse, als wenn jemand seine Zigarettenpackung, seinen Kaffeebecher oder was eben gerade so leer ist, einfach auf die Straße wirft.

Wann hat es sich eigentlich gesellschaftlich etabliert, in aller Öffentlichkeit seinen Müll dorthin zu schmeißen, wo man gerade steht? Bin ich da vielleicht einfach zu penibel? Zu uncool? Habe ich mein inneres Rentenalter erreicht?

Letztens läuft so ein junger Typ vor mir und lässt einfach seine leere Hamburger-Schachtel fallen. Er singt dabei fröhlich vor sich hin. Ich sage zu ihm: »Wenn du das nicht gleich aufhebst, du Kackbratze, dann singst du demnächst zwei Oktaven höher!«

Solange Menschen ihren Müll einfach so fallen lassen, stelle ich das Wort »zivilisiert« ernsthaft in Frage. Ich kapiere es nicht. Welche Art der Handbehinderung liegt da vor, dass man sein Zeug nicht mal eine Minute lang bis zum Erreichen des nächsten Mülleimers halten kann? Leuten, die ihren Müll auf die Straße werfen, möchte ich gern eine ganze Müllladung Dreck ins Bett kippen. Schön die ollen Zigaretten und vollgemachten Windeln.

Wenn ich sehe, dass jemand, sagen wir Schokoladenpapier, auf die Straße fleddert, dann versuche ich immer ganz ruhig und verständnis-

voll zu reagieren, aber ich sag mal so: Eine Karriere als Dalai Lama werd ich wohl nicht mehr machen.

»Ey du! Hat man dir auf der Dieter-Bohlen-Hauptschule nicht beigebracht, dass man seinen Müll nicht einfach auf die Straße wirft?« Dann werde ich angeguckt, als wär ICH diejenige, die nicht richtig tickt.

»Wat wollnsn? Dit is, damit die Müllmänner was tun für ihr Geld!«

Tja, da rutscht mir leider leicht die Hand aus! Damit die Chirurgen was tun für ihr Geld.

Bin ich zu alt für:
Konzerte

Ich stell immer öfter fest: Ich bin alt. Nicht nur, dass die Kerzen auf der Geburtstagstorte mittlerweile mehr kosten als die Torte selbst. Ich gehe auch nicht mehr gern auf Konzerte. Früher war das mein größtes Hobby. Heute ist es, in Ruhe gelassen zu werden.

Vor allem Konzerte in großen Hallen mit vielen Menschen wecken in mir den Wunsch, mich mit meinem Kissen aus dem Fenster zu hängen und einfach nur in Ruhe rauszuglotzen. Allein zu solch einer Location zu fahren und mich anzustellen ist zu einer Zumutung für mich geworden. Und wenn ich drin bin, dann weiß ich nicht, wohin mit meiner Jacke. Weil ich zusätzlich die ganze Zeit meine Tasche halten muss, fällt mir fast die Hand ab. Und eigentlich habe ich Durst, aber nach einem Bier wäre ich betrunken, außerdem kostet es vier Euro. Und vielleicht müsste ich hier dann auch noch aufs Klo gehen. Ich weiß, ich bin so eine Memme, ich könnte glatt als italienischer Fußballspieler durchgehen.

Dann die Vorband … Mit Vorbands ist es wie mit dem Vorspiel beim Sex. Ich denke die ganze Zeit: O nee, muss das jetzt sein? Wann geht's denn endlich zur Sache?

Und diese anderen Menschen! Es scheint ein Naturgesetz zu sein, dass vor mir immer ein Basketballer stehen muss. Oder jemand, der das ganze Konzert mit seinem Smartphone filmt. Früher hatte man ein Konzert nicht auf seinem Handy, sondern in seinem Herzen. Und da lief es bestimmt nicht als verwackelter, schlecht beleuchteter, übersteuerter Studentenfilm, in dem man nur eines sieht: andere Handys!

Nach einer Stunde komme ich an meine körperlichen Grenzen. Meine Füße tun weh, und was sind das für Geräusche? Ist das mein Rücken oder das Knacken eines Kaminfeuers? O Gott, wie gern würde ich jetzt vor einem Kamin sitzen! Ich habe auch schon überlegt, einen aufklappbaren Stuhl mit in Konzerte zu nehmen, befürchte aber, dafür verdroschen zu werden. Vermutlich zu Recht.

Ich versuche angestrengt, mich fallen zu lassen. Die Musik genießen und so. Aber irgendwie denke ich dann die ganze Zeit: »Macht ma' hinne jetzt, ich muss morgen früh raus. Nein, keine Zugabe, bitte nicht!« Ich ruf: »KEINE ZUGABE, KEINE ZUGABE!« Hat die Band eine Ahnung, was ein Babysitter kostet?

Aber letztens war ich auf einem Rockkonzert. Ich war knallhart. Ich bin bis zum Ende geblieben, habe mitgegrölt und sogar zwei Bier getrunken. Also wenn die Hells Angels mich jetzt nicht wollen, weiß ich auch nicht …

Bin ich zu sehr Monk für:
Kino

Kino an sich ist natürlich ziemlich toll. Aber es ist wie mit so vielen Dingen im Leben: Konzerte, Jobs, Beziehungen … Alles ganz nett, wenn nur die Menschen nicht wären!

Willkommen beim Festival der Sinne! Hier reißt einer seine Chipstüte auf, da fliegt mir Popcorn an den Kopf. Auch noch salziges! Da wird spontan Stasibeleuchtung angeknipst, damit wir Eis kaufen (ein Nogger für nur sieben Euro). Vor mir lecken sich zwei über die Gesichter. Hinter mir rammt mir irgendein Fatzke seine matschigen Schuhe in den Nacken.

Nach nur zweitausend Werbespots und Vorschauen für Filme, die alle mit Matthias Schweighöfer und Til Schweiger besetzt sind, geht der Film auch schon los. Es riecht mittlerweile nach Nachos, nassen Jacken und wie ich mir vorstelle, dass Nadja Abd el Farrag riecht. Ich weiß schon, warum ich im Kino am liebsten am Fenster sitze! Und natürlich müssen vor mir wieder welche die ganze Zeit labern und lachen.

Der Film ist ein Liebesfilm. Nach nur kurzer Zeit bin ich so aggressiv, dass ich aufspringe und schreie: »Es gibt keine Liebe! Es gibt nur positiven und negativen Hass!«

Im Kino gehört die Armlehne prinzipiell mir. Das denkt sich wohl auch mein Nachbar! Nach zweieinhalb Stunden müssen unsere Arme chirurgisch voneinander getrennt werden.

Der Abspann läuft, das Licht geht an. Es sieht schlimmer aus als bei dieser Familie Hempel, von der immer alle reden. Ich will raus aus dem Kabuff, aber irgendwelche sogenannten Cineasten müssen mal wieder den vierzigtausend Namen langen Abspann bis zum Ende lesen. Ich stolper über eine leere Bierflasche. Warum hat man eigentlich nie einen Filmriss, wenn man ihn bräuchte?

Wer schön sein will, muss frieren:
Unbedeckte Teenie-Knöchel

Es gibt einen neuen furchtbaren Winter-Trend: Knöchelfreie Hosen – was man eben so trägt bei Minusgraden. Na ja, soll keiner sagen, die Jugend von heute sei verweichlicht. Hey Kids, ich will aber im Winter euren Gefrierbrand nicht sehen, also zieht euch gefälligst etwas an!

Ist knöchelfrei das neue bauchfrei oder doch schon das neue hirnfrei?

Um den Hals tragen sie einen Schal, der bis Oslo reicht, aber an den Knöcheln nichts? Wie wär's mit etwas Puderzucker auf die Waffel, an der ihr alle einen habt?

Gibt natürlich auch noch ein schickes Wort für diesen Trend: »flanking«. Der hieß früher »peinliche Hochwasserbuxe«. Vielleicht habe ich auch einfach keine Ahnung. Ja, vielleicht ist da unten eine andere Klimazone, von der ich nichts weiß.

Wenn ich in der U-Bahn jemanden der Generation Eisbein sehe, will ich immer spontan aufstehen und Geld sammeln für ein schönes Paar Angora-Strümpfe.

ZIEH DIR SOCKEN AN, ES IST WINTER, VERDAMMT!

Dann werde ich wieder angeguckt, als wäre ich eine bemitleidenswerte, alte Irre. Na und. Wir hatten damals ja nichts. Aber Hosen, die bis über die Knöchel gingen, die hatten wir!

Auf gar keinen Fall:
Haustiere für Kinder

Wenn ich jetzt gestehen würde, ich wäre eine alkoholabhängige Crack-Hure, wäre das wahrscheinlich weniger schockierend als das hier: Ich mag keine Haustiere! Ich finde, ein Kind ist schon pflegeintensives Haustier genug. Leider wünscht sich meine Tochter so ein Teil.

Merke: Man erntet von seinem Kind keinen Lacher, wenn man erwidert, es habe doch immerhin schon einmal LÄUSE gehabt! Auch meine Vorschläge, einen Mettigel, einen Muskelkater oder ein paar Staubmäuse zu halten, fanden nur wenig Anklang.

Nein, es soll ein richtiges Haustier sein. Ein Eisbär, ein Hund, auf jeden Fall etwas Großes. Dinosaurier, wie zu meiner Zeit, gebe es ja leider nicht mehr.

Die Kleine so: »Ich wünschte, ich wäre ein Punk, dann hätte ich bestimmt einen Hund, um den ich mich kümmern könnte.«

Ich so: »Ich wünschte, ich wäre eine halbtaube Oma, dann hätte ich bestimmt Hörgeräte, die ich situativ ausschalten könnte.«

Als perfekte Mutter habe ich dann ganz kompromissbereit einen Goldfisch besorgt ... Und ihn »Hund« genannt. War auch nicht ausreichend. Ging das Geheule wieder los. »Das kann man gar nicht vergleichen. Ein Fisch hat ja noch nicht mal eine Zunge und auch keine Zähne.«

Seitdem schleck ich der Kleinen eben das Gesicht ab und zerbeiße ihre Schuhe.

Also jetzt mal ehrlich. So ein Kind kann doch keine Verantwortung für ein Tier tragen. Die Kleene vergisst doch sogar manchmal, ihren Schlüppi beim Pullern runterzuziehen.

»Ich will ein Haustier, das immer um mich ist.«

»Dann kauf dir Mücken.«

Ich war dann aber doch mal im Tierladen und habe den Verkäufer gefragt, welches Haustier er für ein kleines Kind empfehlen würde. Seine Antwort hat mich absolut überzeugt: »Einen Stein.«

Mehr ist mehr:
Frauenhandtaschen

In der S-Bahn. Ein Mann will sich auf den Platz neben mir setzen: »Darf ick?«

»Wie bitte? Natürlich nicht! Hier sitzt meine Handtasche!«

Dank meines Tascheninhalts könnte ich jetzt spontan das Land verlassen und mir in, sagen wir Nordkorea, ein schönes neues Leben aufbauen. Ma' gucken, was so drin ist: Eine Kokosnuss, zwei Regenschirme, eine Windel meiner Tochter, fünfhundert Kassenzettel, eine Autogrammkarte von David Hasselhoff, Lippenstift, Concealer, Wimperntusche … also eine ganze Douglas-Filiale. Eine Minibar, ein Prittstift, eine Rohrzange.

Mit dem Inhalt meiner Tasche könnte ich problemlos den BER fertigstellen. Wenn ich im Supermarkt mein Portemonnaie suche, legen die Leute hinter mir für einen Auftragsmörder zusammen. Immerhin habe ich letztens eine Innenbeleuchtung eingebaut und dann auch endlich mal das Hackepeterbrötchen gefunden, das ich seit Jahren vermisse. War noch lecker.

Merke: Navigationsgerät für Frauenhandtaschen erfinden! Von der Kohle kauf ich mir dann … noch mehr Taschen!

Okay, das kann nicht so weitergehen. Keine Handtasche kaufen, keine Handtasche kaufen, keine Hand… oh, da gibt's Schuhe!

Ich bin offiziell alt:
An der Kasse passend zahlen

Es ist so weit. Ich komme jetzt langsam in ein Alter, in dem man nicht nur sagt: »Ich komme jetzt langsam in ein Alter«. Sondern: Ich versuche, an der Kasse passend zu zahlen! Die Rentner hinter mir haben mir letztens schon anerkennend zugenickt.

Das darf nicht passieren, ich darf nicht so werden! Ich fand bisher, dass das Allerschlimmste am demografischen Wandel all die Rentner sind, die an der Kasse passend zahlen. Jaja, schon klar, nicht alle Rentner tun das. Immer nur die, die genau vor mir stehen.

Vor allem wenn sie sagen, »Ich hab's passend. Einen Moment!«, gehen bei mir alle Alarmleuchten an. In diesem MOMENT könnte ich mit den Mitanstehenden den Faust einstudieren, den Nahen Osten befrieden oder ein neues, konsumentenfreundliches Konzept für diesen Supermarkt ausarbeiten. Eine Idee dafür wäre eine »Ich-hab's passend-Kasse«.

Letztens standen zwei Senioren vor mir. Mein erster Gedanke war: O Gott, wir werden hier alle verhungern! Die Quengelzone an der Kasse ist nämlich gar nicht für Kinder, sondern für Leute, die da warten müssen, wenn mal wieder jemand passend zahlen will.

Aber was rede ich? Offenbar habe ich selbst diesen Zwang in mir und werde mich diesem ab jetzt auch völlig hingeben. Also freuen Sie sich, wenn demnächst eine neununddreißigjährige Frau vor ihnen steht. Sie wird vermutlich an der Kasse vierzig werden!

Der Stuck der armen Leute:
Der Rauchmelder

Ich hab seit Kurzem auch einen Rauchmelder. Ich habe gedacht, bevor irgendein Fremder im Auftrag des Vermieters meine Wohnung sieht, nehme ich die Sache lieber selbst in die Hand. Und ich muss sagen: Das Ding ist ganz schön. So für den kleinen Herzinfarkt zwischendurch.

Ja, wenn es einmal brennt, retten Rauchmelder Leben. DAS WEIß ICH! Aber dann sollen die verdammt noch mal Rauchmelder herstellen, die nur angehen, wenn es brennt, und nicht, wenn ich dusche oder schlafe. Umfragen im Freundeskreis zufolge scheint es nämlich normal zu sein, dass die Quälgeister immer um drei Uhr nachts eine neue Batterie brauchen. Außerdem geht das Ding immer beim Kochen an! So weit ist es schon gekommen, dass ich mir von einem dahergelaufenen Rauchmelder vorschreiben lassen muss, wie scharf ich etwas in der Pfanne anbrate!

Und seien wir ehrlich: Richtig heißer Sex geht mit so 'nem Rauchmelder auch nicht mehr!

Und das Ausschalten! Hat man es einmal geschafft, so einen Rauchmelder abzuschalten, ist man glaube ich auch in der Lage, den BER zu Ende zu bauen.

Meine Nachbarn sind schon völlig genervt von den ständigen Fehlalarmen. »Ist das wieder dein Rauchmelder, der da piept?«

»Nein, das ist meine Wohnung, die ich rückwärts einzuparken versuche.«

Finger abhacken!: Popeln in der Öffentlichkeit

Ich sitze in der U-Bahn und mir gegenüber ein Mann im Anzug, total schnieke, der von Schönhauser Allee bis Wittenbergplatz die ganze Zeit POPELT. Du widerlicher Sack, denke ich, ich hol dir das Zeug gleich mit der Brechzange raus!

Er formt die Popel zu kleinen Bällchen und schnipst sie weg. Ich wünsche mir, dass sich alle weggeschnipsten Popel zu einer großen Masse vereinen und den Typen qualvoll überrollen. Zwischendurch riecht er immer an seinen Fingern.

Dringender Merkzettel an mich selbst: In der U-Bahn immer einen Eimer dabei haben, in den ich mich spontan übergeben kann. Es ist so widerlich, ich muss trotzdem immer wieder hingucken. Ich denke an Grottenolme. Grottenolme sind blind. Aber ich musste ja ein Mensch werden.

Warum? Warum tut dieser Mann das? Hat er sich beim vielen Popeln mittlerweile schon sein Gehirn durch die Nase entfernt?

Um mich abzulenken, setze ich Kopfhörer auf und mache Musik an. Es singt Prince: »Purple rain, Popel rain.« Hilfe!

Rolltreppen

Heute Morgen am Bahnhof Friedrichstraße: Da steht wieder ein Verwirrter auf der linken Seite der Rolltreppe. Na, da hat aber jemand Todessehnsucht! Nee, ist schon okay. Bleiben Sie ruhig links stehen. Ich klettere einfach über Sie drüber!

Wann wird Rolltreppe fahren endlich verpflichtendes Unterrichtsfach? Vor allem außerhalb Berlins? Denn es sind nun einmal vor allem Touristen, die durch ihr Fehlverhalten das sowieso schon leicht aufzubringende Berliner Gemüt provozieren.

Hallo?! In Ihrem Bundesland ist es vielleicht üblich, trödelnd und gaffend in der Gegend herumzustehen. Wir hier müssen zusehen, dass wir zur Arbeit kommen. Denn davon gibt's hier nicht mehr viel.

Ein links stehender Mann mit Jack-Wolfskin-Jacke und Gürteltasche hat offensichtlich nicht nur ein modisches Problem, sondern gleich auch noch ein ganz anderes. Ich meine, jetzt mal ehrlich, diese Menschen WOLLEN doch heruntergeschubst werden!

Leute! Im Gegensatz zu sonst ist rechts stehen – als Position auf einer ROLLTREPPE – nichts Verwerfliches. Wer das nicht endlich kapiert, der sollte zur Strafe den Handlauf ablecken müssen.

Und dann diese Pärchen! Im öffentlichen Raum ja sowieso schon schwer zu ertragen. Aber wenn sie sich auch noch nebeneinander auf die Rolltreppe stellen … Machen Sie erst einmal den Rolltreppen-Führerschein!

Den sollten übrigens auch dringend diejenigen machen, denen ich mich demnächst auch mal widmen muss: Menschen, die am Ende der Rolltreppe abrupt stehen bleiben.

Für Menschenfreunde:
Berliner Strandbäder

Eingang Strandbad Plötzensee: Nach nur zwei Stunden anstehen wird dann doch eine zweite Kasse aufgemacht. Ich nehme noch schnell einen Kredit auf, um den Eintritt bezahlen zu können, und schon genießen meine Tochter und ich den Tag am Strand … die Sekunde am Strand.

Denn das ist das Schöne an Berlin, hier wird Privatsphäre noch klein geschrieben. Direkt auf uns breitet ein älteres Paar seine Wohnung aus. Röhrenfernseher, Fahrräder – ja, okay, verstehe ich alles. Aber warum haben die ein aufblasbares Planschbecken dabei?

Neben mir hören ein paar Jungs Rap-Musik, die mir immer wieder weismachen will, dass meine Mutter eine Prostituierte sei. Mir kommt das altmodische Wort »Banausen« in den Sinn, aber nach kurzer Zeit rappe ich schon mit. Noch zwei weitere Lieder und ich kann meinen Job kündigen und Texterin für Bushido werden.

Ein Knirps mit Vokuhila-Frisur verdrischt meine Tochter mit einem Schwimmlernschlauch. Seine Mutter mit Vokuhila-Frisur ruft: »Jason-Maverick, komm sofort mit deiner Nudel hierher. Wir gehen jetzt nach die Pommes!« Während Jason-Maverick nach die Pommes geht, pack ich für meine Kleine Möhren aus.

Als Kind würde ich mich als Mutter hassen. Danach versuche ich dieses Entspannungsding, von dem ich immer in Frauenzeitschriften lese. Aber direkt vor mir spielen zwei offenbar Taube seit einer Stunde dieses Federballspiel, für das man keinen Federball benutzt, sondern so etwas wie einen Stein. Nachdem ich per Telefon einen Auftragsmörder angeheuert habe, frag ich mich, wo meine Tochter ist. Ach, guck an, die spielt mit der Nudel von Jason-Maverick.

Na, dann geh ich mal ins »Wasser«. Das sieht eher aus wie Menschensuppe! Es sind so viele Leute drin, dass ich langsamer schwimme als ich normalerweise stehe.

Sechs Stunden später: Na, das war doch ein ganz schöner Tag. Aber ab morgen bleiben wir erst einmal zehn Jahre zu Hause.

Endlich wieder Sauce Hollandaise:
Spargel

Endlich wieder Spargel … Endlich wieder eine Ausrede, um Unmengen von Schinken und Schnitzel in mich hineinzustopfen. Ach so, Spargel ist gar nicht die Beilage zu Sauce Hollandaise?

Nee, nee. Ich freu mich auf Spargel. Der aus dem Glas, auf den man im Winter zurückgreifen muss, is' ja 'ne Zumutung. Der schmeckt, als hätte man ihn in Spargelpipi eingelegt.

Frischer Beelitzer Spargel dagegen, mmmh! Da ergibt Brandenburg auf einmal doch Sinn.

Gut, Spargel mit Sauce und Schnitzel hat ziemlich viele Kalorien. Aber darum mach ich mir überhaupt keine Sorgen. Denn die Kalorien, die man sich da drauf frisst, sind ja ungefähr so viele wie die, die man beim Schälen verbraucht.

Überhaupt, Risikosportart Spargelschälen … Wenn ich mit dem Spargelschaber vor mich hin fuchtle, weiß ich wieder genau, warum ich nicht Fußpflegerin geworden bin. Aber immerhin: Spargelschälen hat auch viel Gutes. Erotischer war's bei vielen lange nicht mehr.

Aber was Spargel kostet, oder? Irre! Ich hab mir jetzt überlegt: Der Goldpreis ist im Keller, die Zinsen liegen bei null, ich glaub, ich werd einfach in Spargel investieren – oder in ein Mittel gegen Spargelpipi.

Kannstenix?: Thermomix!

Ich gebe es zu, ich würde mir öfter gern etwas Leckeres zu essen machen. Dummerweise bin ich ich!

Ich bin eine Frau, der beim Kochen der Salat anbrennt. Aufgrund meiner Minderbegabung wurde mir jetzt ein Thermomix ans Herz gelegt. Denn der kann alles! In der Büroküche treffen sich jeden Tag die firmeninternen Thermomix-Fans und preisen hysterisch die Vorzüge dieses »Weltwunders« an.

Ich muss zugeben, ich wusste lange Zeit gar nicht, was das ist: ein Thermomix. Hätte ja auch der Gas-Wasser-Installateur von Asterix und Obelix sein können. Aber nein, es ist eine Küchenmaschine, die alles kann, auch Sauce Hollandaise oder Sorbet. In Sachsen stellen sie damit wahrscheinlich ihr Crystal Meth her.

Der Thermomix wurde bestimmt von irgendeinem Mann erfunden, der seine Frau wieder in die Küche bringen wollte. Und es funktioniert ja, die Frauen flippen aus. Hab selbst vor einem Discounter erlebt, was da abgeht, wenn so ein Ding verkauft wird. In Deutschland hat keiner Verständnis dafür, wenn in einer Massenunterkunft für Flüchtlinge ab und zu Prügeleien stattfinden, aber wenn eine Billigkopie von 'nem Thermomix bei Aldi verkauft wird, hauen sich alle die Köpfe ein.

Der Original Thermomix kostet eintausenddreihundert Euro. Da frag ich mich eigentlich nur eins: Was zur Hölle nützt einem ein Thermomix, wenn man danach den Strom nicht mehr bezahlen kann, mit dem man das Ding bedienen könnte?

Leben am Limit:
Taxifahren

Wenn mir mein Leben mal wieder zu actionarm ist, dann fahr ich einfach Taxi in Berlin. Ein Taxifahrer hat mal während der Fahrt auf ein Haus gezeigt und zu mir gesagt: »Also, hier bin ich vor zwei Jahren runtergesprungen und gestorben.«

Einmal habe ich nachts zu einem Fahrer gesagt: »Ich glaube, ich bin noch nie nüchtern Taxi gefahren.« Und er so: »Ich auch nicht.« So verunsichert hab ich mich, denk ich, noch nie lachen hören. Bin ich spießig, wenn ich sage: Ich möchte nicht, dass der Taxifahrer betrunkener ist als ich?

Neu ist ja auch, dass Taxifahrer die ganze Zeit in einer völlig unverständlichen Sprache telefonieren. Allein deswegen könnte ICH nie Taxifahrerin werden. Weil ich es nämlich hasse zu telefonieren. Und vielleicht auch, weil ich gar nicht Auto fahren kann. Einmal hatte ich einen Fahrer, der fand, von Tegel über Schöneberg nach Pankow zu fahren sei eine super Abkürzung. In meiner vorlauten Art habe ich vorgeschlagen: »Warum nicht gleich über Cottbus?« Tja, und was soll ich sagen? Cottbus ist eigentlich ganz schön.

Dann gibt's ja immer die, die eigentlich was ganz anderes machen. »Haben Sie Lust, sich während der Fahrt meinen Gedichtband, den ich selbst verlegt habe, anzusehen?« – »Äh, nein, haben SIE Lust, mich bitte jetzt zum Hauptbahnhof zu fahren?« Wie viele dann erst mal das Navi einschalten! Ach, das waren noch Zeiten, als Taxifahrer über Ortskenntnisse verfügten.

Einmal saß ich im Taxi, und der Fahrer fuhr mit zweitausend Kilometer pro Stunde über zwei rote Ampeln, um »unterwegs noch schnell ein Paket von 'nem Kumpel abzuholen«. Oh, okay. Kein Problem! Leg ruhig das in Alufolie gewickelte kopfgroße Etwas auf den Sitz neben mir … Im Radio läuft »I will survive«. Hoffentlich.

Aber das Allerallerschockierendste ist mir letztens passiert. Da fragte mich der Taxifahrer tatsächlich: »Wäre Jazz-Musik okay? Ist die Temperatur der Heizung angenehm? Hatten Sie einen schönen Tag?«

Was? Sorry, aber das ist nicht mehr mein Berlin!

»Du hast da Dreck.« Oh, es ist ein:
Tattoo

Über sieben Millionen Deutsche sind tätowiert. Siebenhunderttausend sind offiziell unzufrieden mit ihrem Tattoo. Zu Recht.

Nachdem ich vor ein paar Tagen in einer Schwimmhalle war, ist mir klar geworden, dass ich einer Minderheit angehöre: Menschen OHNE Tattoos! Ich sehe es schon kommen: In zwanzig Jahren will mich als einzige Untätowierte jeder nackt sehen.

Dabei hab ich gar nichts gegen Tattoos. Allerdings ist erschreckend, wie viele Menschen offensichtlich in ein Tattoo-Studio gehen und sagen: »Das belangloseste Allerweltmotiv, das Sie haben, bitte!«

Ach guck, das sind gar keine Krampfadern! Das ist ein Tribal!

Was soll das ganze Gekrakel, das aussieht wie von der »Krabbelgruppe Kreativknirpse im Kollwitzkiez«? Früher waren wenigstens nur wirklich interessante Leute tätowiert, beispielsweise Mörder. Heute Bettina Wulff. Tja, und auch wenn die Leute genau das nicht wollen, aber: Tattoos machen aus langweiligen Menschen lediglich tätowierte langweilige Menschen.

Und dann all die Namen irgendwelcher Liebschaften. Bestimmt gibt es bald im Internet Partnerbörsen, in denen man nach Vornamen suchen kann. Für Leute, die sich den Namen ihres Ex haben tätowieren lassen.

Ich letztens im Schwimmbad: Oh, da ist ja noch eine Frau, die kein Tattoo hat. Denkste. »Ich habe mir den Namen meines Freundes an einer Stelle tätowieren lassen, die keiner kennt!« O Gott, in dein Gehirn oder was?

Dann diese ganzen Sprüche auf Latein. Bei einer Bekannten steht »Carpe diem« auf dem Arm. Damit sie das nie vergisst. Also wenn's danach geht, lass ich mir doch ein Tattoo stechen: »Müllbeutel kaufen!«

Wenn man's eilig hat:
Frauenklos

Manchmal wünsche ich mir tatsächlich, ich wäre ein Mann. Wenn ich auf öffentlichen Veranstaltungen wieder stundenlang vorm Frauenklo warten muss, vor allem.

In der Zeit, die ich da mit verschränkten Beinen verbringe, kann ich mir meine Blase auch operativ entfernen und durch einen dieser praktischen Beutel ersetzen lassen.

Wenn es wie früher nach dem Anstehen wenigstens Bananen geben würde. Nein, stattdessen bekommt man Muskelkater vom Über-der-Toilette-Hocken. Nach dem Pullern gehe ich persönlich gar nicht mehr zurück zur Veranstaltung, sondern stell mich gleich wieder vor der Toilette an.

Meine Güte, meine Damen und Herren Architekten! Wie sehr kann man eigentlich an der Realität vorbeiplanen? Was isn daran so schwer, mehr Frauentoiletten einzubauen?

Ich geh ja mittlerweile nur noch auf Metal-Konzerte und Modellbaumessen, weil ich weiß, da sind fast nur Männer: Da ist das Frauenklo nicht überfüllt.

Na ja, ich seh's jetzt positiv: Immer wenn ich vor einer Frauentoilette mal wieder eine Schlange sehe, weine ich nicht, sondern motiviere mich mit einem dummen Wortwitz: Konkurrenz belebt das Geschäft!

Digitale Idioten:
Bluetooth-Zahnbürsten

Schon lange, also seit meinem dritten Lebensjahr, habe ich das Gefühl: Die Menschheit dreht immer mehr durch. Aber jetzt wird's richtig bescheuert. Es gibt nun Zahnbürsten mit Bluetooth. Was kommt als Nächstes? Klobürsten mit eigenem Facebook-Account? Warum muss eine Zahnbürste mit dem Handy kommunizieren? Reicht es nicht, wenn eine Zahnbürste mit den, nun ja, Zähnen kommuniziert?

Die Werbung sagt, Bluetooth könne die Zahnprobleme verringern. Also wer zum Zähneputzen eine App braucht, scheint mir andere Probleme zu haben als seine Zahngesundheit.

Hilfe! Ich will nicht in einer Welt leben, in der man fürs Zahnbürsten ein hundert Seiten langes Handbuch lesen muss. Eine Zahnbürste, die mein Putzverhalten kontrolliert? In meiner Kindheit hieß so ein Ding »Mutti«. Und als Erwachsene brauche ich kein Feedback mehr, ob ich auch richtig schrubbe. Wie blöd und unselbständig ist der Mensch mittlerweile, dass er kein Gefühl mehr fürs Zähneputzen hat?

»Aber damit wird der Druck der Zahnbürste gemessen!«, verspricht die Werbung weiter. Meine Güte, wenn's blutet, wird's wohl zu viel Druck gewesen sein.

»Aber die Zeit wird auch gemessen!« Wie bitte? Wenn ich wissen will, wie lange ich schon putze, guck ich auf die Uhr. Nein, tue ich natürlich nicht! Ich putze so lange, bis im Fernsehen die Werbung vorbei ist. »Diese Zahnbürste entfernt nicht nur Plaque, sie beseitigt auch Zweifel!« Jaja, das kennt man ja, dass man nachts stundenlang wachliegt und sich fragt: Lieber Gott, habe ich meine Zähne richtig geputzt, von oben nach unten oder von unten nach oben oder im Kreis, wie war das jetzt noch mal? Ich dreh durch!

Kaufen wir denn wirklich jeden Unsinn, den uns die offenbar geistesgestörte Industrie als Fortschritt verkauft? Wenn diese Zahnbürste nicht nur Plaque, sondern den Schmodder auf meinem Küchenboden entfernen würde, dann würde ich über einen Kauf gegebenenfalls noch mal nachdenken. Aber so? NEIN.

Inakzeptabel:
Zu spät kommen

Ich muss es jetzt einsehen: Aus mir wird in diesem Leben keine rassige Südländerin mehr. Unpünktlichkeit nervt mich nämlich ohne Ende. Ich stehe lieber dreißig Minuten lang frierend irgendwo herum, als eine Minute zu spät zu kommen. Selbst wenn ich absichtlich versuche, zu spät zu kommen, bin ich IMMER NOCH pünktlich. Verdammt! Wissen Sie, wie frustrierend das ist? Dann steh ich da und warte. Und verscherble in Gedanken die Organe des Unpünktlichen für ein paar Euro am Bahnhof Zoo. Manchen Leuten müsste man mal eine Uhr

schenken. Und diese vorm Auge befestigen. Mit einem Vorschlaghammer.

Da hilft auch keine SMS, in der steht: »Komme zwanzig Minuten später. Smiley.« Nix Smiley! Wer glaubt, es wäre in Ordnung, zu spät dran zu sein, dem wünsche ich einen Fallschirmsprung, bei dem sich der Fallschirm zu spät öffnet. SMILEY!

Natürlich wissen alle meine Freunde, wie sehr ich Unpünktlichkeit hasse, und sind bei ihrer Ankunft mit entsprechenden Ausreden ausgerüstet. Was man sich da anhören muss! »Ich komme zu spät, weil mich das Muster der U-Bahn-Sitze hypnotisiert hat.« »Ich musste unterwegs ein Katzenbaby streicheln.« »Ich kann nur im Rhythmus der Musik auf meinem iPod laufen, und heute ist mein Balladentag!«

Dazu fallen mir nur zwei Worte ein. Das erste: Wen. Das zweite: Interessiert's. Und nein, auch der Satz »Das Beste kommt zum Schluss!« ist nicht lustig. Wie lässig Menschen das sagen! Ob deren Köpfe genauso lässig vom Hals fallen würden?

Aber man kann sie ja nicht immer gleich köpfen, man muss sie auch mal motivieren. Ich sag zu Zuspätkommern deswegen jetzt immer nur: »Mensch, so früh wie heute bist du noch nie zu spät gekommen!«

Achtung, Erblindungsgefahr: Weihnachtsbeleuchtung

Meine persönliche Weihnachtsbeleuchtung: Die Waschmaschine blinkt. Andere mögen es nicht so dezent. Wenn ich abends in meiner Straße ankomme, fange ich an zu tanzen. Bis mir auffällt: Mensch, das hier ist ja gar keine Disco.

Tja, Fans einer diskreten Weihnachtsillumination haben in meinem Kiez keine Lobby. Über einen schönen Schwibbogen aus dem Erzgebirge kann man in meiner Straße nur müde lächeln. Es kann nicht mehr lange dauern und ein Flugzeug wird versehentlich hier landen, weil der Pilot gedacht hat, das wäre die Tegeler Landebahn.

Überall hängen Lichterketten, die reihenweise alle Farben durchschalten und hoch- und runterlaufen. Hoch und runter. Hoch und runter. Und da! Zwei beleuchtete Rentiere, die Sex haben und meine Vermutung bestätigen, dass Weihnachtsbeleuchtung und Humor einfach nicht zusammenpassen.

Wie kann ich mir das Leben HINTER diesen Fenstern vorstellen? Sitzen da tatsächlich Menschen auf der Couch, glotzen auf die Lichter und freuen sich? Das Auge hört schon seit Tagen nicht mehr auf zu zucken, aber was soll's.

Einem epileptischen Anfall nahe laufe ich direkt auf ein Fenster zu, bei dem die Gardine offenbar durch einen Lichtervorhang ersetzt wurde. Rote im Stakkato blinkende Herzen. Ist das noch Weihnachtsdeko oder schon Wohnungsprostitution?

O mein Gott, das ist MEINE Wohnung! Meine Tochter hat von ihrem Taschengeld eine zwanzigtausend Euro teure Fensterbeleuchtung gekauft.

»Und wie findest du es, Mami?«

»Äh, schön, ja.«

»Ich auch. Aber es haben schon drei Männer geklingelt und nach einer Chantal gefragt!«

Stalkerinnen:
Boutique-Verkäuferinnen

Bevor ich einen kleinen Klamottenladen – früher sagte man, glaube ich, noch Boutique – betrete, vergewissere ich mich erst, ob noch mindestens fünf andere Kunden drin sind. Denn ich habe Panik vor übermotivierten Verkäufern.

Ich bin eine hundertstel Sekunde im Laden, und schon werde ich gefragt: »Kann ich Ihnen helfen?«

Danke. Mir kann keiner mehr helfen. »Ich schaue mich erst mal nur um.«

Noch mal zehn Sekunden später. »Wenn Sie etwas suchen, sagen Sie Bescheid. Wir haben alles auch bis Größe 48.«

Boah, hat die mich gerade »fett« genannt?

Ich verschiebe ein bisschen die Bügel und tue so, als würde ich ernsthaft das ein oder andere Teil in Erwägung ziehen. Die Verkäuferin sagt: »DIESE Farbe ist in dieser Saison total in!« Aha, na da werden sich diejenigen freuen, denen Ocker steht. Kamele oder so.

In Wirklichkeit habe ich schnell überblickt, dass ich hier nichts kaufen werde, will aber die Verkäuferin und ihren großen Traum vom kleinen Laden nicht vor den Kopf stoßen. Ich bin so ein empfindsamer Mensch! Was man von der Stalkerin nicht behaupten kann. Sie folgt mir. Und ich kann nicht gerade sagen »unauffällig«. Sie schiebt die von mir berührten Kleiderbügel wieder an die richtige Stelle.

Gucke ich mir einen Pullover an und lege ihn dann wieder zusammengelegt auf den Stapel, legt sie ihn zwei Sekunden später noch mal ORDENTLICH zusammen. Sie fragt abermals: »Also wenn ich Ihnen helfen kann …«

Ich will ja nicht sagen, dass die Verkäuferin hier aufdringlich ist, aber ich wäre jetzt gerne in einem Baumarkt. Verdammt, wo sind die berühmten Berliner Dienstleistungsverweigerer, wenn man sie mal braucht. Ich rufe: »Ja gerne, hier meine Adresse und mein Schlüssel, bitte einmal alles abwaschen und feucht durchwischen, danke!«

Wahrscheinlich lernen Verkäufer in von hyperaktiven Managerdumpfbacken geleiteten sauteuren Seminaren, dass sie immer und immer wieder auf die Kunden zugehen müssen, da angeblich nur so die Kohle hereinkommt. Kleiner Tipp ganz umsonst: Das stimmt nicht! Und ich kann nur vor mir warnen: Falls mich in der Umkleidekabine noch EINMAL eine Verkäuferin vorm Vorhang stehend fragt, ob sie noch etwas für mich tun könne, werde ich antworten: »Toilettenpapier, bitte!«

Bitte abholen!:
Im Fitnessstudio

Jetzt ist es so weit. Ich habe die Kontrolle über mein Leben verloren. Ich habe mich in einem Fitnessstudio angemeldet. Und zwar – jetzt kommt's noch schlimmer – in einem nur für Frauen.

In der Umkleide riecht es schon mal nach Kamelpipi, und ich denke: Ach, dieses Menschen-Ding ist doch nichts für mich. Bevor ich mich heimlich aus dem Staub machen kann, zwingt mich die enorm dünne Trainerin (Ich hasse sie!) auf die Waage. Sagen wir mal so: Wäre ich ein Elefant, hätte ich Normalgewicht.

Dann wird mein Körperfettanteil gemessen. Es gibt nichts Erniedrigenderes auf der Welt. Außer vielleicht einer SPD-Mitgliedschaft. »Also, Ihr Körperfettanteil beträgt …« Lalalalala, ich hör nix, lalalala.

Die Trainerin fragt mich ein bisschen vorwurfsvoll, warum ich bisher so unsportlich war. »Hmm, ich wollte nicht so aussehen, als könnte ich irgendjemandem beim Umzug helfen.«

Dann soll ich sagen, womit ich anfangen möchte und ob ich ein Lieblingsgerät habe. Ja, den Fernseher. Aber hier heißen die Geräte »Negativbank« und »Rückenstreckmaschine« und fühlen sich genauso lustig an, wie ihre Namen klingen. Anschließend geht's an die »Dipmaschine«. Juhuu! Oh, ach so, die Dipmaschine ist gar kein Gerät, das mich in süß-saure Sauce taucht. Ich beginne.

Die Trainerin sagt, sie habe noch nie jemanden so schwitzen sehen wie mich. Ich schwitze nicht, ich weine! Am Ende darf ich als Belohnung ein paar der ausliegenden Bierdeckel essen. Ach so, das sind Reiswaffeln! Ich glaube, ich werde diesen Fitnessstudio-Sport doch wieder durch Ritter Sport ersetzen.

Oh, ich habe Laminat?:
Staub wischen

Meine Wohnung ist blitzblank. Unter dem Staub. Das Schöne an meiner verstaubten Bude: Wenn ich mal weiße Socken brauche, lasse ich einfach schwarze Socken fallen. Zack, sind sie weiß.

Leider scheint auch manchmal die Sonne. Sonne und Staub. Keine gute Kombination. Ich bin mir sicher, das gleißende Sonnenlicht, welches durch das Fenster bricht, ist Gottes Weg zu sagen: »Alte, du musst mal wieder saugen!«

Ich staubsauge so wenig, sogar mein Staubsauger ist verstaubt. Und wenn ich es doch mal tue, dann hasse ich es. Alle Versuche, das

Staubsaugen auf meine Tochter abzuwälzen, sind leider gescheitert. »Du, Süße, willst du nicht mal wieder ein bisschen mit dem Elektroelefanten spielen?«

»Nee, Mami, kannst alleine staubsaugen.«

Keine Lust! Was soll das denn, dass nach nur zwanzig Kilo Staub aus EINEM Zimmer der Staubsaugerbeutel voll ist?

Irgendwann ist man dann mal fertig. Und es gibt wahrscheinlich kein schöneres Geräusch auf der Welt als das Kabel, das sich automatisch in den Sauger einrollt. Leider ist nach dem Staubsaugen vor dem Staubsaugen. Deshalb habe ich jetzt einfach kapituliert und mach nix mehr. Und was soll ich sagen? Ich kriege seitdem mehr Komplimente für meine Wohnung als je zuvor. »Oh, schöner Teppich, aus welchem Material ist der denn?« »Staub.«

Tschüss, Altersvorsorge!:
Wunschzettel von Kindern

Wenn es nach dem Wunschzettel meiner Tochter ginge, käme der Weihnachtsmann in diesem Jahr mit einem Schwerlast-Transporter zu uns.

Sie überreicht mir ein Wunschplakat mit aufgemalten und geklebten Bildern.

Ein Lego-Tierpark, ein Cello, ein Fahrrad, ein Geschenk, ein elektrisches Auto, ein Glitzeranorak, ein Schlitten mit Rentier, eine Anna-und-Elsa-Uhr, eine Anna-und-Elsa-Lampe, ein Anna-und-Elsa-Schloss. Ich bin mir nicht sicher: Ist das noch ein Wunschzettel oder schon ein sehr, sehr bunter Privat-Insolvenzantrag?

Es geht weiter. Ein Kochkurs für Mama. Das Original-Sonnenblumenbild von van Gogh, ein Flamingokostüm, ein Flamingo. Und ein Wort hat sie darauf geschrieben. SEDEPLEAR.

»Was soll das sein?«

»Na das, wo die Musik rauskommt.«

»Ach so, ein CD-Player.«

Ich gebe ihr den Wunschzettel zurück, zusammen mit einer Packung Abschminktücher.

Den Wink mit dem Zaunpfahl versteht sie natürlich auf ihre Art … Ja, eine Schminkpuppe wünsche sie sich auch noch. So, wie ich das überblicke, belaufen sich die Kosten dieses Wunschzettels auf summa summarum zweiundsechzig Millionen Euro. Na, dann muss man eben woanders Abstriche machen, beim Essen zum Beispiel. Ich gehe an meinen Computer und google »preiswerte Familiengerichte aus Luft«.

Die sind ja alle so alt hier:
Klassentreffen

Alle zehn Jahre gehe ich zum Klassentreffen. Ich muss sagen: Das Schönste daran sind die zehn Jahre dazwischen. Aber na ja, das ist wie mit Eierlikör: eigentlich total schaurig, aber alle paar Jahre hat man mal Bock drauf.

Was machen die ganzen Lehrer hier? Ach so, das sind meine ehemaligen Mitschüler. Mir fällt auf: Alle hier sind megaerfolgreich. Und ich? Na ja, ich kann gut Spannbettlaken falten. Und noch nicht mal das stimmt!

Was die so quatschen: »Also ich pendle totaaal gern zwischen Düsseldorf und Barcelona.« Ich pendle am liebsten zwischen Bett und Kühlschrank. »Also mein Mann arbeitet als Consultant bei einer Bank, meine Tochter reitet erfolgreich auf Turnieren.« Okay, und meine Oma fährt im Hühnerstall Motorrad.

DAS sind Gespräche! Am liebsten würd ich alle einfach siezen. Ich unterhalte mich mit Frauen, denen ich früher beim Kotzen die Haare nach hinten gehalten habe, die jetzt einen modischen Kurzhaarschnitt tragen, Thermomixberaterinnen sind … und mir NATÜRLICH einen andrehen wollen. Insgesamt kaufe ich vier. Nur um von den Gesprächen loszukommen.

Andere, die zweifach geschieden sind, fragen mich, warum ich noch unverheiratet sei. Bestimmt gibt's hier 'nen Katzentisch für diejenigen, die weder verheiratet sind noch ein Carport haben.

Irgendwann finde ich doch noch ein paar coole Leute, natürlich die, die damals schon cool waren. Wir betrinken uns – alles so wie früher also. Nur dass wir heute eben erst nach vierzehn Uhr damit anfangen.

Die, die das Klassentreffen organisiert haben, springen auf einmal hektisch um einen Beamer herum. Es wird angekündigt, dass wir die nächsten anderthalb Stunden Fotos von früher angucken. Ich als Teenie in den Neunzigern? Lieber steche ich mir einen rostigen Nagel ins Auge!

In zehn Jahren wollen die Beamer-Menschen wieder ein Klassentreffen organisieren. Leider fällt der Geburtstag des unehelichen Neffen zweiten Grades meiner Arbeitskollegin auf das vorgeschlagene Wochenende …

Von »Mohn-Magensäure« bis »Muttermilch«:
Moderne Eissorten

Ich hab diesen Sommer eine echt unfassbare Eissorte in einer Eisdiele entdeckt. Ich kann's ja selbst kaum fassen. Mensch, habe ich gedacht, jetzt wird's aber verrückt.

Es war Vanille.

Eisdielen mit solch stinknormalen Sorten sind mittlerweile rar. Stattdessen gibt es jede Menge Eissorten, deren Zutaten wir uns früher auf die Pizza geschmissen haben: Karamellisierter Speck. Rote Beete. Basilikum. Seit ein paar Jahren hauen die Eismacher ganze Felder und Käseräder in ihre Eismaschinen. Ich meine, Blauschimmelorangeneis? O mein Gott, welcher Irre hat sich gedacht: »Oh, es gibt zu wenige Eissorten mit Käse?«

Ich letztens so am Eisstand: »Ich hätte gern ein Schokoeis.«

Antwort: »Mmm, mit Chili oder mit Kardamom?«

»Mit SCHOKO!« Die Verkäuferin guckt mich an, als hätte ich gerade nach zwei Kilo Heroin gefragt. Sie so: »Die Leute mögen jetzt eher ausgefallene Sorten.« Die Leute, die das mögen, mögen sich mal bitte bei mir melden. Bis heute ist mir niemand persönlich bekannt, der die

Eissorte Kürbis-Walnuss mag. Oder, wie es in der Eisdiele bei mir um die Ecke ausgeschildert ist: »Kürbis-Walnuss (vegetarisch)«. Oh, das hätte ich jetzt nicht gedacht, dass da kein Fleisch drin ist.

Was kommt als Nächstes? Eigenurin-Lavendel, Aspirin-Lauch, Crystal-Meth-Schoko? Nehm ich. Da ist wenigstens Schoko drin.

Der ultimative Endgegner:
Berliner Kellner

Sollte ich irgendwann mal richtig, so richtig schlecht drauf und unmotiviert sein, mich schlecht behandelt fühlen … Dann kann ich mich immer noch als Kellnerin in Berlin-Mitte bewerben.

Gestern Mittag. Ich betrete ein Café. Und spüre sofort: Die Bedienung ist motiviert bis in die Haarspitzen … eines Glatzköpfigen. Sie verdreht die Augen und zieht einen Flunsch. Ach, was soll's. Ich wurde von einem Kellner auch schon mal ausgelacht, als ich einen Guten Morgen wünschte.

Ich setze mich an den Tisch und warte. Ich seh schon, wir ergänzen uns perfekt: Ich glotze sie an und sie ignoriert mich. Als sie dann nach zwanzig Minuten kommt, frage ich todesmutig, ob sie mich nicht gesehen hätte. »Doch, ich hatte nur keine Lust, zu dir zu kommen.« Erfrischend, diese Ehrlichkeit. Ich bestelle einen Orangensaft. Bitte. »So 'n Quatsch ham wa hier nich.«

»Äh, dann muss ick noch mal kurz überlegen.« Sie schmeißt mir ihren Zettelblock hin. Ich soll selber aufschreiben, was ich möchte, und ihr den Zettel dann bringen. Ich schwanke zwischen »Ich muss die Kleine in den Arm nehmen« und »Ich muss der Alten aufs Maul hauen«. Entscheide mich dann aber für eine Suppe und einen Apfelsaft. Mein Kaffee kommt nach einer halben Stunde. »Aber ick wollt doch …!« Sie so: »Soll ick jetzt zu Kreuze kriechen oder was?«

Ihr Lied »You can't always get what you want« haben die Stones wohl in einem Berliner Café geschrieben.

Meine Suppe kommt dann doch recht fix, Salz und Pfeffer soll ich mir selber holen. Ich freu mich schon auf mein Trinkgeld von der Kellnerin.

Als ich gehe, denke ich: Ach, so sind sie eben, die Berliner Kellner. Was ihnen an Freundlichkeit fehlt, machen sie mit Unfreundlichkeit wieder wett.

Brauch ich ganz dringend: Erziehungsratschläge von Fremden

Hallo? Hallooo? Wer möchte mir denn noch alles ungefragt einen Ratschlag in Sachen Erziehung geben? Dann stellen Sie sich bitte hinten an! Die Warteliste geht bis 2045.

Im Bus. Meine Kleine quengelt. Und sofort prasseln die kostenlosen Erziehungstipps auf mich ein … »Vielleicht ist ja die Mütze ein bisschen zu warm … Sie braucht einfach einen süßen Saft … Könnten Sie nicht mal mit ihr zur Akupunktur?«

Ich so: »NEIN. Sie weint nur ein bisschen.« Eine Frau ist entsetzt: »Aber Sie können sie doch nicht einfach so weinen lassen.« Doch, ich liebe es, wenn mein Kind weint. Deswegen drück ich auch nicht den Aus-Knopf, der das Weinen abstellen würde, sondern genieße es, wenn mich alle hier vorwurfsvoll und besserwisserisch anglotzen.

Wenn meine Tochter im Blumenladen an Blumen schnuppert (o Gott, was für ein Monster), dann werde ich gefragt, was das solle, und gemaßregelt, ich müsse doch permanent ein Auge auf die Kleine haben. Jaja, erzählnse ruhig weiter. Ich geh nur schnell 'ne Axt kaufen.

Vor allem Menschen OHNE Kinder sind wahre Koryphäen auf dem Gebiet der Kindererziehung. Und Omas natürlich!

Neulich im Supermarkt. Oder wie ich sage: Erziehungsinformationsportal Fleischtheke. Die Kleine küsst die Glasscheibe, die sie von der Wurst trennt. Eine ältere Frau fragt: »Warum schimpfen Sie denn nicht?!« – »Ach wissen Sie, ich sammle immer mehrere Vergehen und verdresch sie dann nach einer Woche richtig.« – »Ja, sehr gut, früher waren wir sowieso viel strenger.« Blablabla. »Entschuldigung, junge Frau«, sage ich, »ich wollte hier nur hundert Gramm Gesichtswurst kaufen und nicht wissen, was man sich 1820 unter sinnvollen Erziehungsmaßnahmen vorgestellt hat.« Zurzeit bekommt mein Kind sehr oft in der Öffentlichkeit Trotzanfälle. Die Welt gehört in Kinderhände, von wegen, Grönemeyer! Wer das glaubt, hat noch nie eine Zwei-

jährige erlebt, die sich mitten auf eine Straßenkreuzung schmeißt, während man selbst zwei Millionen Einkaufstaschen trägt. Als wär das nicht schon schlimm genug, schreien sofort Menschen abwechselnd aus Autos und Fenstern heraus. »Kinder muss man auch mal schreien lassen!« oder: »Sie müssen dem Kind Grenzen setzen!« Halten Sie alle den Mund! Ihre Erziehungstipps sind so nützlich wie ein Sandkasten am Strand und führen nicht zu pflegeleichten Kindern. Dafür aber zu jeder Menge selbstzweifelnden Eltern.

Jaja, ich weiß schon, FRÜHER, da haben Sie ja nie an sich gezweifelt.

Menschliche Rollbraten:
Steppjacken

Leute, wir müssen reden. Wenn ich mich dort draußen umsehe, tragen gefühlt zehn von fünf Menschen eine Steppjacke. Wieso? Was in der menschlichen Evolution ist da schon wieder schiefgelaufen? Ich fühle mich auf unseren Straßen mittlerweile wie zu Gast auf einer permanenten Bad-Taste-Party.

Vor allem Männer in taillierten Steppjacken kann doch keiner ernst nehmen. Und diese Farben: Besonders beliebt sind lackblau und lackrot. Der Satz »einen schönen Menschen kann nichts entstellen« stammt definitiv aus einer Zeit vor Erfindung der wattierten Daunenjacke.

Hey, sind Steppjacken für Paare mittlerweile gesetzlich vorgeschrieben? Darf man überhaupt noch ein Paar sein, wenn man nicht aussieht wie zwei spazieren gehende Rollbraten?

Es gibt sogar schon Steppjacken für Kinder! Tja, so kann man Kinder natürlich auch traumatisieren.

Und warum kosten die Dinger eigentlich so unglaublich viel Geld? Das bestätigt mich nur in meiner Vermutung, dass reiche Menschen absolut keinen Geschmack haben. Anscheinend denken diese

Menschen: »Wenn ich eine bunte Steppweste trage, sehe ich jung und flippig aus.« Aber sie sehen nur aus wie dicke Raupen.

Ich weiß nicht, vielleicht ist das ja auch eine Art Rettungsweste? »Retten Sie mich, ich habe einen schlechten Geschmack.« Gerne!

Liebe Mitmenschen, so trägt man Steppjacken am besten: gar nicht.

Für Frauen
mit zu viel Selbstbewusstsein:
Bikini kaufen

Vor 'nem halben Jahr hab ich mir gesagt: Du musst weniger futtern. Bis zur Bikinifigur fehlen noch sechs Kilo. Und immerhin: Jetzt fehlen nur noch acht!

Da ich trotz ostdeutschem Migrationshintergrund kein FKK-Fan bin, muss ich also einen neuen Bikini kaufen. Ich also aufn Ku'damm. Überall sehe ich riesengroße H&M-Plakate mit Bikinimodellen an Bikini-Models, die auch mal wieder etwas essen müssten: so zweitausend Snickers. Na ja, ist doch schön, dass auf diese Weise wenigstens die so werberelevante Gruppe der Streichhölzer weiß, wie solch ein Bikini an ihnen aussehen würde.

Im Laden. Die achtzehnjährige Verkäuferin reicht mir einen Bikini mit Leopardenmuster. Sie so: »AnimalPrint.« Ich so: »Die einzigen, denen AnimalPrint steht, sind animals.« Ich nehme einen schlichten schwarzen mit in die Kabine. Schwarz macht schlank. HAHAHAHA.

Das Schöne an dem Neonlicht hier ist ja: Jetzt kann ich endlich mal in Ruhe die Dellen auf meinem Hintern zählen! Ich hab so viel Orangenhaut, gleich landet ein Schwarm Obstfliegen auf mir.

»Und, passt's?«, ruft die Verkäuferin von draußen. Nein, sehen Sie doch. Oder gibt es in diesem Land eine einzige Umkleidekabine, deren Vorhänge richtig zugehen?

Im Spiegel sehe ich: Das Unterteil schneidet etwas ein, oder habe ich wirklich zwei Bäuche?

Ich ziehe den Bauch ein, merke aber: Wenn ich das tue, sehe ich nicht dünner aus, sondern nur wie jemand, der den Bauch einzieht. Beträte jetzt George Clooney diese Umkleidekabine, gingen meine Chancen aber gegen null. Ich heule, mein Selbstbewusstsein liegt am Boden. Kann es sein, dass die Hersteller von Umkleidekabinen mit der Psychotherapie-Branche unter einer Decke stecken?

Und ihr, liebe Ladenbesitzer: Stattet eure Umkleidekabinen gefälligst mit Taschentuch-Boxen aus!

Hair Gott noch mal!: Namen von Friseurläden

Ich kann nicht mehr … rausgehen. Ladenbesitzer dieser Stadt sind augenscheinlich außer Stande, ihren Läden Namen ohne Verwendung dämlicher Wortspiele zu geben.

Vorbei die Zeiten, als man noch in die »Frisierstube am Gesundbrunnen« oder in »Uschis Haarsalon« ging. Irgendwann haben die Damen und Herren der Friseurgilde leider ihre kreative Seite entdeckt und ihren Butzen Namen gegeben wie: »Kamm together«, »Hair mes«, »Haar zwei o«.

O mein Gott! Gibt es vielleicht eine Strafe für Friseure, die erst einmal keinen lustigen Namen für ihren Salon gefunden haben? Jemanden im Gewerbeamt, der solch grausame Wortspiele mittels Androhung von Gewalt vorschreibt? Eine Art Hairdogan?

Die ganze Schickmachindustrie scheint betroffen. Letztens stand ich vor einem Nagelstudio, das »Pro feiler« hieß und direkt neben sich das Schönheitsstudio »Chicsaal« hatte.

Kein Wunder, dass jetzt auch andere Branchen nachziehen: Floristen nennen ihre Bude »Blumengroup«, meine Mutter war letztens in einem Taschenladen namens »Bagstage«, und ich bin schon an einem Bäcker vorbeigegangen, der »Der Brotagonist« hieß. Da musste ich mir vor Entsetzen erst mal meine Brille putzen. Die hab ich beim Optiker »Eyeszeit« gekauft. Eine Freundin ist jetzt in Behandlung im Zahnzentrum »Kompedent«, und ein Freund lässt seinen Bart im »Rhabarber Shop« stutzen.

STOPP! Aber wenigstens auf die Imbissbudenbesitzer dieser Stadt ist noch Verlass. Kein Heckmeck! Die haben solide Namen … denkste. Bei mir in der Straße gibt's jetzt die »Pomm iss bude«.

Das Pink des Alters:
Alte Menschen in Beige

Okay, friends, wir müssen reden. Ich habe Zukunftsangst! Angst vor dem Alter und dem damit verbundenen Zwang, BEIGE ZU TRAGEN!

Menschen über siebzig: Wie ist das? Wacht man als alter Mensch eines Morgens auf und steht auf Beige? Kommt da eventuell ein Bescheid vom Sozialamt, dass ab jetzt nur noch graue Hosen und beige Westen getragen werden dürfen? Geschieht das parallel zur Aufforderung, dass ab jetzt nur noch Flusskreuzfahrten erlaubt seien und an der Kasse mit Kleingeld bezahlt werden müsse?

Jaja, schon klar, ist nicht immer alles beige, was die Damen und Herren Ü60 so tragen. Gibt auch Natur, Creme, Vanille, Karamell. Von allen Farben des Regenbogens – warum ausgerechnet Beige? Beige Windjacken, beige Bundfaltenhosen, so was ist doch auch gefährlich. Haben diese Menschen keine Angst, irgendwann mal in einer Wüste verloren zu gehen und nicht mehr gefunden zu werden?

Na ja, sehen wir es positiv: Beige ist das Neon des Alters. Rentner-pink.

In was für einer Welt leben wir eigentlich?:
Ausmalbücher für Erwachsene

Ich war letztens mal wieder in einem Buchladen. Halt! Ich korrigiere mich: Ich war in einem Krimskramsladen, der vereinzelt auch Bücher verkauft. Bücher stehen im Buchladen ja mittlerweile irgendwo hinten im letzten Regal. Bis dahin bin ich gar nicht erst durchgekommen. Kein Wunder, dass sich dieses hier so schlecht verkauft. Im Weg standen mir: Trostschokoladen, Schneekugeln, Räucherstäbchen und AUSMAL-BÜCHER! Überall Ausmalbücher für Erwachsene!

Ist das hier ein indischer Kindergarten, oder was soll das? Die Verkäuferin sagt: »Ausmalbücher sind die meistverkauftesten Bücher der Saison.« Ich möchte hier nicht als Kulturpessimistin dastehen, aber erstens heißt es meistverkauften und zweitens gelten in deutschen Buchläden neben Thermobechern und Rosenseifen jetzt offenbar auch Ausmalbücher als Literatur. GRUSELIG!

Ich so zur Verkäuferin: »Für so etwas habe ich überhaupt keine Zeit. Haben Sie auch Ausmalbücher, die schon ausgemalt sind?« Die Verkäuferin diagnostizierte mir ein Burnout. »Keine Angst, das haben jetzt alle.« Aber ich solle unbedingt mit dem Ausmalen anfangen. Vor allem Menschen, die im Beruf unter Stress stehen, sowie Mütter fänden im Ausmalen von Mandalas und Zen-Gärten die totale Entspannung. What? Was ist los da draußen? Können sich Menschen nur noch wie Kleinkinder entspannen? Was ist aus dem guten alten Drink geworden, um herunterzukommen? Oder man schreit einfach mal kurz sein Kind an! Nee, da muss wieder politisch korrekt und leise irgendein pakistanischer Zauberwald ausgemalt werden.

Was kommt als Nächstes? Diddlmäuse an- und ausziehen? An der Nuckelflasche saugen? Es gibt sogar ein Ausmalbuch namens »Sexpositions«! Jemand, der akribisch mit einem pastellfarbenen Buntstift Menschen ausmalt, die gerade Sex haben, hatte garantiert schon lange keinen mehr, und wäre er mein Partner, hätte er auch keinen verdient!

Okay, zu Recherchezwecken hab ich mich dann doch mit so einem Ausmalbuch an die Kasse gestellt. Und was soll ich sagen, es hat total geholfen: Ich habe dem Typen an der Kasse vor mir, der die ganze Zeit in sein Handy gebrüllt hat, damit eins über die Rübe gezogen. Das hat mich so was von entspannt!

Wo ist denn hier die Tür?:
Badezimmer in Designhotels

Das klingt immer so toll: »Designhotel«. Aber die erschreckende Wahrheit ist, den Zusatz »Design« scheint ein Hotel immer dann zu bekommen, wenn die Badezimmertür aus Glas ist oder sich nicht richtig schließen lässt oder überhaupt nur zur Hälfte vorhanden ist.

Was ist eigentlich los mit den Architekten und Innenausstattern? Welche verrückten Drogen nehmen die? Alles gibt es in diesen verdammten Hotels: vegane Kissen, Hängematten für Hunde, Bügel mit Internetanschluss. Aber moderne Errungenschaften der Zivilisation wie abschließbare Badezimmertüren haben es dorthinein nicht geschafft.

Oder die Türen lassen sich zwar abschließen, sind aber aus Glas! Für ein Paar, das sich noch nicht so lange kennt, ach Quatsch, für jedes Paar, ist so eine Tür der IntimitätsGAU. Verdammt, ich bin eine Frau voller Geheimnisse. Eine Badezimmertür, bei der oben ein halber Meter fehlt, ist dem nicht unbedingt zuträglich.

Ich war schon in sogenannten »Romantik-Designhotels«, in denen sich die Badezimmertür nur sporadisch mit einem Haken schließen ließ und zehn Zentimeter offen stand. Ist das noch ein Romantikhotel oder schon ein Fetischtreffpunkt? Ja, man möchte den anderen kennenlernen, aber doch nicht so! Was macht man da? Die Lücke mit Wattepads ausstopfen? Singen? »Lalala, ich singe immer so laut auf Toilette, lalala, das ist süß, oder?«

Ich kenne Männer, die ein Hotelzimmer, das sie mit einer Frau bewohnt hatten, morgens verlassen haben mit der Ansage, sie möchten gern etwas allein sein, und waren dann eine Stunde lang weg, um im zwei Kilometer entfernten Kaufhaus aufs Klo gehen zu können. Andere hatten nach zwei Tagen im Designhotel eine dreihundert Euro teure Verstopfung.

Also, liebe Architekten, Türen aus Glas, die für Transparenz sorgen, ergeben vielleicht im Bundestag Sinn, aber NICHT IN EINEM HOTEL!

Menschenverachtend:
Verpackungen

Wenn ich mal gute Laune habe, dann versuche ich einfach, eine Verpackung zu öffnen. Dann geht's wieder.

Manche Verpackungen wurden doch nur dafür gemacht, um uns vor unseren Mitmenschen zu blamieren. Die neue Milka-Verpackung zum Beispiel. Wenn ich früher in der S-Bahn eine Tafel Milka Alpenmilch verputzen wollte, musste ich einfach das Papier zerfetzen. Jetzt muss ich erst mal einen Abschluss zur Origamitechnikerin machen, um dann einen drei Millimeter breiten, sehr glatten Schnipselrand nach außen zu ziehen. In der Werbung sagen sie, das sei so, damit man das wiederverschließen kann. Häh? Eine wiederverschließbare Schokoladenverpackung – das ist doch ein Widerspruch in sich!

Und zu Hause geht's weiter. Wer einen Kaffee mit Milch trinken will, braucht danach erst mal eine zwei Jahre lange Trauma-Therapie. Nach lebenslangem Kampf gegen die Milchaufziehlasche weiß ich jetzt: Die einzig sinnvolle Verpackung für Milch ist und bleibt eine Kuh!

Und wieso ist es der Menschheit möglich, 3D-Drucker und Schnitzel für den Toaster zu erfinden, aber eine Kaffeeverpackung, nach deren Öffnung die Küche nicht aussieht wie der Braunkohletagebau Schwarze Pumpe, bekommt keiner auf die Reihe! Der sowieso schon widerspenstige Alltag ist voll von mobbenden Verpackungen. Diese drei Puddingpulvertütchen mit der Zellophanhülle drumherum. Und natürlich eingeschweißte CDs. Ich öffne all das immer mit den Zähnen. Das geht am besten. (Äh, mal was anderes: Weiß irgendjemand, wie gut mit Sekundenkleber befestigte Zähne halten?)

Letztens habe ich einen Duschschlauch gekauft. Er war in einer sehr harten Plastikfolie verpackt. Wie soll ich diese jemals aufkriegen? Ich brauche eine Stichsäge! Ich gehe eine kaufen. Sie ist in Plastik eingeschweißt! Wer so eine Verpackung erfunden hat, gehört eingesperrt. Und zwar in seine eigene Verpackung.

Hallo? Ist da jemand?:
Im Baumarkt

So, da will ich zu Hause mal ein Regal anschrauben und brauche laut Anleitung ein Scharnierstück 135 Mit L-Winkel B11.21 mit Sicke. Was zur Hölle!? Ich also in den Baumarkt.

Wie bescheuert renne ich durch die Reihen und suche einen Mitarbeiter. »Hallo? HALLOOO???« War ja klar. Meine Fresse, sollte ich jemals einen Mord begehen, und lange kann das nicht mehr dauern, dann werde ich die Leiche im Baumarkt verstecken. Bis da einer vom Personal vorbeikommt, bin ich längst über alle Berge.

Ich kann mir vorstellen, dass Bewerbungsgespräche für einen Job im Baumarkt ungefähr so ablaufen:

Chef: »Was ist Ihr Lieblingsspiel?«

Bewerber: »Verstecken.«

Chef: »Sie haben den Job.«

In der Farbenabteilung lässt ein Typ einen Eimer Farbe fallen. Auf meine Schuhe. Ich denke: »Oh. Man hat wohl in meinem Leben gerade den Schwierigkeitsgrad erhöht.« In Wirklichkeit denke ich: »AHHHH!« Er sagt: »Entschuldigung, aber können Sie nicht woanders doof herumstehen?« Entschuldigung, aber können SIE nicht mal bitte in die Kreissäge da drüben laufen?

Ich latsche einsam durch die Regalreihen. Eine Oma mit Rollator kommt mir entgegen und nickt mir zustimmend zu: »Sehr gut, Kleine!

Am besten immer alles selber machen. Die Männer sterben früher als wir, dann muss man's eh.« Wenn die wüsste, dass ich völlig planlos bin: Neunundneunzig Prozent der Artikel hier kann ich keinem Verwendungszweck zuordnen. HDMI-Leitung 3D-tauglich, PU-Ölbindemittel straßentauglich, Rasenkantenschneider E-10-tauglich. Aus Frust lege ich eine Klobürste in den hundert Kubikmeter großen Einkaufswagen.

Wenn hier wenigstens der Roberto Blanco oder die Amigos auftreten würden.

Schließlich passiert das Unglaubliche, mich spricht ein Verkäufer an! Leider habe ich inzwischen vergessen, was ich überhaupt wollte, halte die Klobürste in die Luft und frage: »Ist die spülmaschinentauglich?«

Die Unfähigkeit, menschlichem Nachwuchs menschliche Namen zu geben: Merkwürdige Vornamen

In der Kindergartengruppe meiner Tochter gibt es jetzt den kleinen Odilo-Quentin. Als ich das hörte ... Na ja, das war wieder so ein Moment, in dem es mir schwer fiel, elterliche Seriosität vorzutäuschen und nicht sofort loszuprusten. MarvinSkylaMalouTiffanyAragons! Sind diese Namen mittels Scrabble-Reste-Buchstabenverwertung entstanden? Ach, es heißt ja nicht mehr Scrabble, sondern Buchstaben-Yolo. Yolo heißt der dreijährige Sohn meiner Nachbarin. Oder die Kids von Mike Hanke, dem Fußballer (Mike leider nicht klassisch mit »ai«) ... Die heißen Jayron-Cain und Janatha-Fey. Dass in Zukunft zum Beispiel ein Jayron-Cain am OP-Tisch stehen und mich operieren könnte, macht mir ein wenig Angst. Dann all diese Doppeldoppelnamen!

Aber gut: Das Kind, das aus mir herausgeflutscht ist, denkt ja auch, es heiße »Lieber-Gott-womit-habe-ich-das-verdient«. Immer noch besser als »Kaiserin«! So heißt ein Mädchen von sicher ganz, ganz sympathischen Eltern aus dem … Und jetzt alle: PRENZLAUER BERG! War klar, oder?

Geschenkt, es muss ja nicht noch ein Paul sein, oder eine Mia. Aber ich bitte Sie! Eine Schokominza? Ja, wurde tatsächlich als Name erlaubt. Genauso wie Laser und Emilia Extra. Bei so viel Humor kann man nur froh sein, dass die Mitarbeiter bei folgenden Namensanträgen gesagt haben, das gehe ihnen jetzt aber zu weit: Crazyhorse, Störenfried, Verleihnix.

Im Grunde ist es sowieso zwecklos, seinem Kind einen Namen zu geben. Wohnt man zum Beispiel in Berlin-Wedding, heißen die irgendwann alle Spritti, Ralle oder Rotze.

Christina Aguilera hat letztens verraten, ihre Tochter hieße Summer Rain. Sommerregen. Dann kann ich ja jetzt auch den Namen meiner Tochter enthüllen: Sie heißt Graupelschauer.

»Ist das der Alexanderturm?«: Berlin-Touristen

Auch wenn ich mich jetzt unbeliebt mache, aber ich finde Berlin-Touristen süß. In der Bahn zum Beispiel: »Ist das hier die U2 Richtung Pankoff?«

»NEIN!«

»Pankau?«

»NEIN! Hinsetzen, Klappe halten!!«

Wenn ihnen die S-Bahn vor der Nase wegfährt, freuen sie sich beim Blick auf die Anzeigetafel: »Ach, die nächste kommt schon in neun Minuten.« In neun Minuten! In neun Minuten!!!

Klar, es ist anstrengend. Alle zwei Meter wird man gestoppt. Nein, ich weiß nicht, wo der »Alexanderturm« ist. Ich wurde auch schon gefragt, wo Hitler denn jetzt genau wohne. Um nicht ständig nach dem Weg gefragt zu werden, tarne ich mich immer mit Rollkoffer und Ampelmann-T-Shirt selbst als Touri.

Es gibt natürlich auch Grenzsituationen, in denen springt einem die Kettensäge in der Hosentasche an.

Sonnabend um null Uhr zwanzig: Die Einheimischen schlafen seit drei Stunden, während die Touris die Straßen vollkotzen.

Sonntag um sechs Uhr: Die Sonne geht auf, die Vöglein zwitschern leise, ich dreh mich noch mal um … RRROLLKOFFER, AHHH!

Montag um acht Uhr: In der S-Bahn schon wieder diese dezent-talentierten Straßenmusiker. Eine Gruppe Touristen fordert Zugabe.

Und ich habe es zwar noch nicht entdeckt, aber irgendwo muss ein Schild stehen, das Touristen untersagt, schneller als einen Kilometer pro Stunde zu gehen.

Aber es geht noch schlimmer. Wer die bekannte Berliner Freundlichkeit erleben will, dem empfehle ich einfach mal, am Ende der Rolltreppe abrupt stehen zu bleiben oder mitten auf der Treppe im Bahnhof Friedrichstraße auf den Stadtplan zu gucken.

Aber man muss einfach das Beste aus dem täglichen Touristen-Tsunami machen. Ich bin zum Beispiel bestimmt schon unfreiwillig auf einer Milliarde Fotos von Touristen gelandet. In Japan bin ich vermutlich schon berühmt.

Mit den Jahren wird man ja auch sanfter: Ich schicke nur noch fünfzig Prozent der nach dem Weg fragenden Touristen in die entgegengesetzte Richtung. Okay, neunzig.

Man darf einfach nicht vergessen: Touristen sind auch Menschen. Okay, kein Mensch mit Verstand, ästhetischem Bewusstsein und Anstand würde je mit einem Segway oder als Teil einer Trabi-Safari durch die Straßen tuckern.

Und auch wieso es Menschen gibt, die mit einem Bierbike herumfahren, werde ich wohl nie erfahren. Die bringe ich nämlich immer sofort um.

Alles in allem finde ich Touristen super. Man darf halt nur nicht am gleichen Ort mit ihnen sein.

Bitte abholen:
In der Kantine

Über das Essen in unserer Kantine kann man eigentlich sagen, dass es wirklich zu empfehlen ist. Wenn man Bulimie hat.

Was gibt's denn heute? Oh, Rosenkohl-Auflauf. Der Koch könnte uns doch auch ins Gesicht sagen, dass er uns hasst.

»Was haben Sie denn noch?«

»Buletten mit Senf.«

»Dann nehm ich das vegetarische Gericht.«

»Also nur Senf?«

Okay, also doch was vom »Salat-Büfett«? Im Angebot: Kartoffelsalat, frittierte Tintenfischringe, Nudelsalat, frittierte Zwiebelringe.

Und welch eine Idylle das hier ist! Es dröhnt ein Pürierstab, der so groß ist wie ein Männerbein. Der Tablettwagen rollt unbemannt durch den Gang, und der Kaffeeautomat erzeugt Krach wie ein Presslufthammer. Ich fühle mich wie auf einer Werft in Danzig 1977.

Der Chef winkt mich zu sich herüber. O Gott. Es gibt ja nur wenige Dinge, die so unangenehm sind, wie allein mit dem Chef Mittag essen zu müssen. Im Swingerclub die Bettlaken wechseln vielleicht.

Und irgendwie honoriert er es auch nicht so wie normalerweise meine Kollegen, als ich ihn während des Essens parodiere: »Hier sieht's aus wie auf meiner Jeans – überall Nieten. HOHOHO«

Ich esse also still weiter. Diese Bulette ist so hart, dass ich mich frage, welcher Eishockeyverein heute ohne Puck trainieren muss.

Beim Blick auf das Essen der anderen bin ich mir sicher: Der Koch muss einen Michelin-Stern haben. Was der alles kann: flüssigen Blumenkohl, geeiste Scampi.

Ich frage ihn einfach mal. Er antwortet: »Ick hab keen Stern. Ick hasse euch einfach.« Oh.

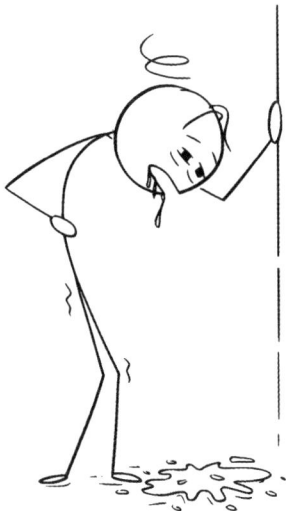

Bin ich Chirurgin, oder was?: Brötchenzangen

Benutzt irgendjemand von Ihnen Brötchenzangen? Sie alle wahrscheinlich. Sie können mich beim Brötchenzangenverband verklagen, aber ich gebe trotzdem zu: Ich nicht.

Ich nehme sie mit den Händen heraus. Denn ich habe noch EIN WENIG Selbstachtung und weigere mich, mit einer übergroßen Zange einen Hindernisparcours bestehend aus Metallgittern und Plastikklappen zu überwinden, um an ein Dreizehn-Cent-Brötchen zu gelangen. Und dann das Brötchen gaaaanz vorsichtig in die Tüte ... bumms, auf den Boden.

Noch verrückter wird's, wenn man die inhaftierten Schrippen nicht mehr nur vorne herausfischen soll, sondern auch noch seitlich durch ein Gitter – Entschuldigung – in die AUFFANGMULDE schubsen muss. Bin ich Handakrobatin, oder was? Um das zu meistern, hätte ich mein ganzes bisheriges Leben damit verbringen müssen, an Kuscheltiergreifautomaten zu üben.

Natürlich steckt hinter diesem kundenverachtenden Schabernack auch ein Gesetz, das sich irgendwelche Beamten mit ganz viel Zeit und Hang zu langen Namen ausgedacht haben: Das »DIN 10501 Schrägstrich drei Lebensmittelhygiene-Verkaufsmöbelgesetz – Teil drei: Verkaufsbehälter für Lebensmittel, die bei Umgebungstemperatur feilgeboten werden«.

Ich habe aber gar keine Angst davor, dass vielleicht irgendein Dreck-spatz seine Hand in den Schrippenknast steckt und alle Schrippen mit einer ansteckenden Krankheit kontaminiert. Ist es nicht sogar ekli-ger, die Brötchen, die ich sowieso anfassen werde, mit einer Zange zu berühren, die schon sieben Milliarden Leute vor mir angefasst haben? Und warum gibt es denn noch kein Apfelgefängnis und keine Gummi-handschuhe, die wir überziehen müssen, bevor wir die Einkaufs-wagenstangen anfassen? Weil es hirnlos ist! Und wissen Sie, wer das am besten weiß?

Die Mitarbeiterin hinter den Brötchengitterboxen. Die schmeißt die fertig aufgebackenen Teiglinge per Hand in die Gitterboxen. Natürlich ohne Handschuhe.

Kein place to be:
Der Mauerparkflohmarkt

Nichts auf der Welt stellt meine pazifistische Grundhaltung stärker auf die Probe als ein Besuch auf dem Mauerparkflohmarkt im Prenzlauer Berg.

Früher war ich echt gern hier. Da ist man über einen Flohmarkt geschlendert. Heute wird man geschlendert. So dermaßen überfüllt sind sonst nur Döner. Ich würde ja gern mal an die Stände herangehen und den ganzen Plunder bestaunen. Aber: ein Bein in einem Gips hat mehr Bewegungsfreiheit.

Ich sehe das Angebot eigentlich nur durch die Smartphones der anderen, die davon Fotos machen. Warum sie das tun, verstehe ich nicht. Und auch nicht, warum das Angebot hier nur noch aus veganen Maultaschen und irgendwelchem zusammengebastelten Berlin-Krem-pel besteht. Fernsehturmschlüsselanhänger aus Filz, »I Love Berlin«-Buttons, Taschen aus Berliner Fahrradreifen. Wann sind Flohmärkte eigentlich zu Verkaufsportalen für minderbegabte Do-it-yourself-Fans geworden? Und nein, ich möchte keinen Ampelmann-Jutebeutel für sechzehn Euro kaufen.

Eigentlich wollte ich hier einen schönen alten Stuhl klarmachen. Aber das Angebot ist zugeschnitten aufs Publikum: Touristen. Und klar, wenn du nach Spanien zurückfliegst, willst du ungern einen Stuhl mit ins Flugzeug nehmen. Oder einen zweihundert Kilo schweren Stuckspiegel. Es gibt schon noch altes Geschirr oder Nähzeug von der Oma. Aber das ist alles komplett überteuert. Ich meine: eine olle Schere für fünfundvierzig Euro? Wenn sich damit nicht zufällig Vincent van Gogh das Ohr abgeschnitten hat, finde ich das doch ein wenig überteuert. Genauso der Rest. Ein gebrauchtes Fahrrad auf dem Mauerparkflohmarkt gekauft und schwuppdiwupp ist die Altersvorsorge futsch.

Jetzt kommt die Menschenmasse endgültig zum Stehen, weil uns eine blöd grinsende Hipster-Familie mit einem Zwillingskinderwagen entgegenkommt, und ich wünsche mir nur eins: Über sie drüber zu laufen ... zu fahren ... mit einem Mähdrescher. Vor Wut klaue ich von einem Stand zwei kaputte Knöpfe. Ganz schön schlimm, ich weiß. Hoffentlich komm ich dafür nicht in die Hölle. Dort ist bestimmt jeden Tag Mauerparkflohmarkt.

Überbewertet:
Der Weihnachtsmann auf dem Gendarmenmarkt

Der Weihnachtsmarkt auf dem Gendarmenmarkt wäre so zauberhaft. Wenn nur dieser Weihnachtsmarkt nicht wäre. Auf der Erde gibt es sieben Milliarden Menschen. Sie sind alle hier.

Ich wollte eigentlich nur das Kunsthandwerk in den Buden bestaunen. Stattdessen bestaune ich Hinterköpfe! Ich beschließe, im

nächsten Jahr hier mit einem Stand reich zu werden, der Lebkuchen-
herzen verkauft, auf denen steht: »Ich kann Menschen nicht leiden.«
Dann kann ich mir vielleicht auch mal die ganzen Fressereien hier leis-
ten. Ich meine: Ein Bratapfel und ein zwei Quadratzentimeter großes
Stück Flammkuchen? Moment, dafür muss ich erst mal zwei Jahre lang
arbeiten gehen. Dagegen hilft nur eins: Alkohol. Aber am Glühwein-
stand stehen zu viele Menschen, und alle gucken freundlich. Müssen
alles Touristen sein.

Ein Mann verschüttet Eierlikör in meine Kapuze. Ich wäre dann jetzt
bereit für das Raumschiff, das mich abholt. Aber das hat hier leider
keinen Platz zum Landen!

Die Verlierer der Evolution:
Allergiker

Hey, Pollen-Allergiker, ihr rotäugigen Rotznasen! Hört auf, uns jedes
Jahr pünktlich ab März vollzujammern! Nur weil ihr als Kinder nicht
richtig abgehärtet wurdet! Ich zum Beispiel lass meine Tochter jeden
Tag am Mülleimer lecken.

»Ich hab Heuschnupfen« ist das neue »Ich hab Rücken«.

Überall drängeln sich die Verlierer der Evolution in den Vordergrund, immer müssen sie sich austauschen, egal ob wir normalen

Menschen anwesend sind oder nicht. »Ich probier jetzt die Natrium-Chromo-Glycerinsäure-Therapie nach Schnitzler.« »Ich spritz mir jeden Tag Katzenpipi ins Auge.« »Ich muss einen Kredit aufnehmen, weil ich die Taschentücher nicht mehr bezahlen kann.«

Meine Güte! Ich wünsch euch allen noch eine Allergie gegen Taschentücher obendrauf!

Nirgends ist man vor euch Plagegeistern sicher. Zum Beispiel in der S-Bahn. Ein Mann niest mir einen halben Liter grünes Zeug in den Ausschnitt. »Hab Heuschnupfen.«

Wann reagiert die S-Bahn endlich und führt Allergiker-Abteile ein? Als romantischer Mensch stelle ich mir im Büro auch gerne mal einen Grashalm in eine Vase. Aber nicht lange. Denn garantiert kommt gleich wieder irgendeine Heulmemme und droht mit der Allergiker-Vertretung.

Aber das Schlimmste ist ein Partner mit Heuschnupfen. Will man mal reden, schläft der andere wegen komaerzeugender Medikamente sofort ein. Schuld sind nur die Pflanzen? Warum können die nicht einfach Sex miteinander haben, um sich zu vermehren?

Braucht auch kein Mensch:
Das Oktoberfest
auf dem Alexanderplatz

Als ich letzte Woche auf dem Alex war, dachte ich: »Himmelherrgott, sind die völlig bekloppt und bauen den Weihnachtsmarkt jetzt schon auf?« Aber nein, das Ganze sollte nur ein Oktoberfest darstellen!

In Wirklichkeit sieht es aus, als wäre es vom richtigen Oktoberfest in München als Restmüll entsorgt worden. Den Touristen in Croque-Schuhen, die Selfie-Sticks in die Luft halten und den Junggesellenabschied feiern, gefällt das aber. Der Alkoholpegel der meisten ist höher als ihr IQ. Ein Typ ruft: »Tragt mich zum Auto! Ich fahr euch alle nach Hause!«

Auf der Bühne performen die Spandauer Jodelspatzen etwas, das nach Jodeln klingen soll, sich aber anhört wie ein defekter Keilriemen. Die Kellnerin, die ein authentisch-bayerisches Anker-Gesichtstattoo trägt, empfiehlt mir ein Bananenweizenbier. Ist so etwas in Bayern

überhaupt legal? Außerdem solle ich mal die Weißwurst probieren. Leider kann ich nichts essen, was aussieht wie ein Eisbärpenis.

Berliner scheinen hier nicht zu sein. Klar, wohnt man nicht gerade deshalb in Berlin, um möglichst weit weg vom Oktoberfest zu sein?

Ein paar bayerische Touristinnen im Dirndl sind da. Ich muss zugeben, sie sind sehr nett, auch wenn sie ihre offensichtliche Sprach-behinderung durch das nach oben Quetschen ihrer Brüste kompen-sieren wollen. Eine Helene-Fischer-Coversängerin und zwei Bananen-weizen später steht für mich fest: Das Oktoberfest in Berlin ist wie diese Umkleidekabinen beim Frauenarzt: absolut unnötig!

»Haben Sie auch etwas für Menschen mit Geschmack?«: Weihnachtsdekoration

Früher war es bei mir so: Ein Aschenbecher mit noch brennender Zigarette auf dem Tisch, ein bisschen Alufolie vom Döner daneben, fertig war die Weihnachtsdeko.

Heute versuche ich, ab und zu den Anschein zu erwecken, ich wär erwachsen. Auch vor mir selbst. Und darum muss die Bude natürlich ein bisschen gepimpt werden. Also suche ich einen Deko-Laden auf. Dass ich nicht auf der Stelle erblinde, ist ein medizinisches Wunder.

Porzellan-Schneemänner mit Bierflasche in der Hand, Räuchermännchen mit Augen aus Strasssteinen und eine Lichterkette für den Toilettensitz. Vor lauter Schreck falle ich in die Glitzer-Wunderland-Weihnachtsdeko und gewinne spontan einen Harald-Glööckler-Doppelgänger-Contest.

Die Verkäuferin fragt: »Kann ich Ihnen helfen, Herr Glööckler?«

»Sehr witzig! Haben Sie auch etwas für Leute mit Geschmack? Etwas Klassisches, mit Rot?«

»Nee, Blau ist das neue Rot.«

Ich werde zu einem Regal geführt, in dem neonblaue Plastikkerzenständer stehen. Bis zu diesem Zeitpunkt wusste ich noch nicht mal, dass es diese Farbe überhaupt gibt.

Sie empfiehlt mir einen von einem erzgebirgischen Künstler handsignierten Adventskranz, der die Form eines Penis hat. »Damit will der Künstler sagen, dass das Patriarchat mit brennenden Kerzen zu vernichten sei.«

Prinzipiell bin ich der gleichen Meinung, aber meine Güte, es ist mir egal, was der Künstler mir damit sagen will: Es ist hässlich! Und was das alles kostet!

Ich rechne nach und beschließe: Für das Geld, das ich für Weihnachtsdeko ausgeben würde, werde ich mir die Wohnung den ganzen Dezember lang schön saufen.

Hilfe, ich bin ein Obstkorb:
Duschgel

Wonach sollte man nach Benutzung eines Duschgels riechen? Man möchte meinen: im besten Fall nach nichts.

Nachdem ich gestern drei Tage lang vorm Duschgel-Regal stand, weiß ich aber, das ist unmöglich. »Weiße Birke«, »Sternenschweif-Pomegranate inspiring«, »Hibiskus-Elefantennächte«.

Eines der ekligsten Phänomene unserer Zeit sind all die Menschen, die im Drogeriemarkt Duschgele testen. Kappe auf, ein bisschen drücken, ein Spritzer Duschgel spitzt in Richtung Nase und zurück das Ganze ins Regal.

Ich mache das natürlich auch. Woher soll man sonst wissen, was sich hinter »Lebensfreude Utsea Cubeba« verbirgt? Und wonach riecht wohl »Bioreismilch mit japanischer Eriobotrya«? Und was zur Hölle ist »Festo di gurana mit exotischem Cherimoya-Extrakt«?

Eine Frage, liebe Duschgel-Namen-Erfinder, ich bin wirklich neugierig, was ihr so während der Arbeit raucht.

Dann gibt es Duschgelsorten, die ich zwar aussprechen kann, aber irgendwie erschließt sich mir nicht, wer so riechen will. Ich meine, »Wilde Tiere«? Ernsthaft? Einige von uns benötigen kein Duschgel, um so zu duften!

Und was zum Henker soll mir »Rosmarin Basilikum mit rosa Pfeffer« sagen? Ist das noch ein Duschgel oder schon ein Salatdressing?

Na ja, vielleicht nehme ich das »Ananas-Kokosnuss«-Duschgel?! Ein bisschen Rum dazu, und ich bin ein Cocktail.

Nein, eine Kokosnuss ist eine Frucht – okay, wenn's sein muss, auch noch eine Waffe, aber definitiv kein Duschgel, kein Deo, kein Parfüm, kein Rasierschaum, keine Zahncreme, keine Intimlotion.

Ich habe mich dann gestern für die Sorte »Apfel-Orange« entschieden und rieche jetzt nach einem Obstkorb. Klingt doch toll, oder? Das finden die zweitausendeinhundertvierunddreißig Fruchtfliegen, die mich seitdem verfolgen, auch.

Der Sex des Alters:
Aufgemotzte Männerküchen

Wenn Männer heutzutage kochen, dann tun viele von ihnen das in technologisch aufgerüsteten, vollgetunten Küchen.

Ich war letztens bei einem Mann zum Essen eingeladen. Ich hatte Toast Hawaii erwartet und mich schon so gefreut. Und dann das: Das hier ist keine Küche. Das hier ist wohl eher das Labor aus »CSI Miami«. Überall stehen Geräte aus Edelstahl herum, die mich vermuten lassen: Dieser Mann hier ist NICHT heterosexuell, er ist gastrosexuell.

Wenn Männer früher gekocht haben, sah das so aus: Schneidebrett geschmolzen, Auflauf verbrannt, am Ende gab's Nudeln … mit Maggi.

Heute gibt's als Vorspeise Kardamom-Schaum. »Lecker, Kardamom«, sag ich. Iih, Kardamom, denk ich, die Schattenseite der Globali-

sierung. Dazu gibt's wohl Ei, denn der Mann holt zwei davon aus dem Kühlschrank. Für mich sieben Minuten lang kochen, bitte! Denkste. Denn für das »oeufs cocotte« wird erst mal ein ganzer Maschinenpark in Bewegung gesetzt. Ich weiß nicht, nach welchem Rezept der grad das Ei kocht, aber es ähnelt der Bauanleitung für ein Raumschiff.

Das Wasser, das ich trinken soll, läuft erst mal durch einen Osmose-Apparat. Ich frage, was das hier alles sei.

»Also, das hier ist ein CNC-gesteuerter Trüffelhobel. Und das hier ein Rüttelpult für Champagnerflaschen. Das hier sind eine elektrische Parmesanreibe, ein Schwungradschneider, ein Homogenisator und ein Rotationsverdampfer.«

»Und das hier sind Messer, stimmt's?«

»Ja, aus japanischem Stahl. Fünfzehnmal gefaltet.«

Als Hauptgang wird mir »Delmonico Dry Aged Beef« angekündigt. Keine Ahnung, was das ist, aber es wird zwei Wochen lang in einem SousVideGarer zubereitet. Meiner Beobachtung nach entspricht dieses Gerät dem, was früher der Porsche war. Oder lassen Sie es mich deutlicher sagen: Der Sous-Vide-Garer ist die neue Penisverlängerung.

Der Mann sagt: »Ich emulgier nur noch mal eben das Kastanien-Jus.«

Ja ja, und ich google mal eben, was du gerade gesagt hast.

»Es gibt Pommes dazu.«

Oh, super. Oh, nicht super. Denn DIESE Pommes hier sind Ultraschall-Pommes, die mehrmals in einem Dörrautomaten gegart werden müssen.

»Ich kann dir auch einen Toast Hawaii machen!«

»Au ja!«

»Die Ananas mach ich dir aber als Schaum im Espuma-Siphon!«

Vordächer für Augen:
Aufgeklebte Wimpern

Wenn ich so durch die Stadt laufe oder den Fernseher einschalte, muss ich mich leider fragen: Gibt es noch Frauen ohne falsche Wimpern? Denn überall sehe ich Damen, die sich so viele künstliche Wimpern angeklebt haben, dass die doch irre Muskeln in den Lidern haben müssen, um die überhaupt nach oben zu bekommen.

Wenn diese Frauen zwinkern, habe ich Angst, dass sie einfach abheben. Mit manchen Wimpern-Extensions könnten drei Winterjacken flauschig gefüllt werden.

Ich meine, künstliche Wimpern kommen auf einer Showbühne bestimmt gut an, aber so in echt? Meiner Beobachtung nach werden

sie vor allem von Frauen getragen, die Männern ganz besonders gefallen wollen. Aber gibt es irgendeinen Mann auf der Welt, der beim Anblick einer solchen Frau denkt: »Oh, sie hat Wimpern, die wie kleine Vordächer aussehen. Die will ich heiraten!«

Letztens hab ich vor einem Friseur eine Werbung für FakeWimpern gesehen: »Dreimal mehr schwarze Pigmente für extra lange Wimpern!« Aha. Dreimal mehr Gehirn … bietet das mal an! Aber nein, stattdessen Wimpern, die aussehen, als wäre die Mascarabürste abgebrochen und direkt an den Augen klebengeblieben.

Merkwürdig. Zum an der Stirn Kratzen merkwürdig. Aber hey – vielleicht lass ich mir auch so lange, fette Wimpern machen, dann müsste ich mich in Zukunft nicht mehr selbst an der Stirn kratzen.

Lieber zieh ich aus:
Bad putzen

Ich brauche Hilfe! Hat jemand von Ihnen vielleicht eine Badewanne, in die ich mich setzen könnte? Meine müsste ich erst putzen. Das Problem ist: Ich hasse Bad putzen.

Wie praktisch es wäre, Schlafwandler zu sein und immer nachts die Wohnung zu putzen.

Zwei Fragen: Eine Toilette putzen … Verstößt das eigentlich schon gegen die Menschenrechtskonventionen? Und passt so eine Toilette eigentlich in den Geschirrspüler?

Schön ist ja auch, wenn meine Eltern zu Gast sind und die Sauberkeit meines Bades kommentieren. »Den Spiegel könntest du auch mal wieder putzen!« Mal wieder, hahaha. Darin sehe ich mich schon lange nicht mehr.

Und meine Mutter so: »Kleiner Tipp, Fenster putzt man am besten mit Zeitungspapier.«

Und ich so: »Ich hab Fenster?«

Schlimm ist auch Bad-Boden wischen. Da wird mir jedes Mal klar: Hochmut ist eine Eigenschaft, die nur Leute entwickeln können, die nie auf einem Boden kniend um Badezimmermöbel herumgewischt haben. Wisch mal wieder dein Bad, Donald Trump!

Irgendwann kommt dann die Badewanne dran und der leider darin verarbeitete Abfluss. O mein Gott! Das soll ich sauber machen? Na ja, das Gute ist: Sollte ich mal Haarausfall kriegen, hängt im Abfluss immer noch ein Büschel Ersatzhaare.

Nach einer Stunde Putz-Action und einem Eimer mit völlig versifftem Dreckwasser bin ich stolz ... aber auch etwas geistesabwesend. NEIIIN!!! Jetzt habe ich das Wasser in die Badewanne gekippt!!!

Trennungsgründe:
Mit dem Mann bei Ikea

Ich durfte letztens eine absolute Grenzerfahrung machen. Ich war mit einem Mann bei Ikea und bin mir jetzt ganz sicher: Seitensprung-Portale im Internet beziehen ihre Mitglieder vor allem aus Paaren, die kurz vorher zusammen bei IKEA waren.

Wir wollen eine Küche kaufen. Der Mann sagt, eins stehe schon mal fest: Er könne die auf jeden Fall alleine aufbauen, er bräuchte keinen Monteur. Ja ja, so wie das Bett letztens, das hat er auch genau nach Anleitung montiert und jetzt schlafen wir auf diesem merkwürdigen dreieckigen Kasten. In den nächsten zwei Stunden fetzen wir uns wegen Korpussen, Abtropfflächen und Topflappenhaken. Ganz wichtig für den nächsten Ikea-Besuch: meinen eigenen Wohnungsschlüssel mitnehmen.

Nach vier Stunden entscheiden wir uns für eine Küche, die wir beide nicht wollen, nur damit wir aufhören zu schwitzen.

Im Untergeschoss erhärtet sich mein Verdacht: Ikea spekuliert darauf, dass glückliche Paare sich nach ihrem Besuch trennen und dann zwei Wohnungen einzurichten haben.

Ich so: »Guck mal, die tollen Kissen!«

Er so: »Aber wir haben doch schon zwei zu Hause.«

Männer! Stattdessen begeistert er sich für ein Wand-Tattoo. Tja, da denkt man, man kennt jemanden und dann steht er auf das Arschgeweih der Wände … Um ihn nicht auf der Stelle zu verlassen, packe ich alles, wirklich alles, in den Einkaufswagen. Auf einmal stellt mir der Mann die Frage aller Fragen: »Brauchen wir das überhaupt?« Ja, verdammt, wir brauchen einen Selbstbewässerungsübertopf, siebzehn Mehrfachsteckdosen, und so eine Frittierkelle wollte ich auch schon immer mal haben.

In der unteren Etage, in der man sich alle Einzelteile zusammensucht, stellt sich heraus, dass der Mann den Zettel mit den Regalnummern verloren hat. Aber: Ich bin mittlerweile total entspannt. Mal was anderes: Wo gibt es bei Ikea Waffen?

Das vierte Frühstück:
Futtern zu Weihnachten

Jedes Jahr die gleiche Völlerei zu Weihnachten. Es wird gemampft und gefuttert bis zum Umfallen. Mein Bauch. Wenn ich so weitermache, kann ich bald einen Zweitjob als Pandabär im Zoo annehmen.

Meine Tochter sagt: »Mami, jetzt haben wir schon seit zehn Minuten nichts gegessen.«

»Okay, aber jetzt mal was Leichtes. Doppelt frittierte Ente mit Specksalat.« Als Zwischenmahlzeit ein paar Plätzchen und einen Schweinekrustenbraten. Und als Zwischenmahlzeit zwischen den Zwischenmahlzeiten ein bis zwei Rouladen. Vom ganzen Kauen habe ich mittlerweile Kiefermuskelkater. Die Kleine wünscht sich Nudeln mit Schokoladeneis. »Am liebsten mit Käse überbacken.« Mutterschaftstest unnötig.

Dann back ich noch einen Kuchen. Auf der Packung steht, man solle ihn eine Stunde ruhen lassen. Haha, ja genau.

Ein bisschen Sport wäre jetzt gut. Also erst mal Glotze anschalten, Skispringen kieken. Es knallt. »Mami, was war das?«

»Ach, da ist wieder ein Nachbar geplatzt.«

Das Gute an dem ganzen Rumgefresse ist ja: Man spart jede Menge Wasser. Ich will baden, lege mich in die Wanne, zwei Gläser heißes Wasser rein – zack, ist die Badewanne voll.

Aber ernsthaft jetzt: Ich ess nie wieder was. Heute.

Außer natürlich der heißen Schokolade mit Sahne, bevor ich ins Bett gehe, aber die ist ja flüssig.

Am nächsten Morgen: Meine Familie sitzt bereits um acht wieder am Küchentisch und mampft Kartoffelsalat (»Viertes Frühstück!«). Da ist mir vor Entsetzen fast die Broilerkeule aus dem Mund gefallen. Ich rufe: »Hat jemand Lust auf Mousse au Chocolat?«

Jetzt mal unter uns, wer braucht schon einen Waschbrettbauch? Ein Naschbrettbauch ist doch viel schöner.

Ich habe keinen Wunschnachbarn!:
Auf ein Paket warten

Ich bin zu Hause und erwarte ein Paket. Jetzt gibt es drei Möglichkeiten.

Erste Möglichkeit: Der Paketbote klingelt und ich freue mich. Das erlebt man ungefähr so oft wie einen Film mit Bud Spencer und Terence Hill ohne Klopperei.

Zweite Möglichkeit: Ich sitze in Jogginghose auf der Couch, glotze Privatfernsehen wie jemand, der die Kontrolle über sein Leben verloren hat, und warte. Dann zähle ich die Noppen der Raufasertapete. Zweimal. Beim ersten Mal hab ich richtig gezählt. TOLL!

Ich überlege zu den typischen Postbotenanlockmethoden zu greifen: Den Staubsauger anschmeißen oder duschen, denn meistens kommen sie genau dann, wenn man sie auch ja nicht klingeln hört.

Ich bin mir ziemlich sicher, dass sich der Paketbote draußen versteckt und wartet, bis ich das Haus verlasse. Aber das werde ich nicht tun, Sportsfreund! Stattdessen aktualisiere ich sekündlich die Sendungsverfolgung im Internet. Sie sagt: »Ihr Paket befindet sich in Auslieferung.« Die Statusmeldung, die bei dieser Sendungsverfolgung fehlt, lautet: »Der Fahrer steht vor Ihrer Tür, hat aber null Bock zu klingeln.«

Um zwanzig Uhr gehe ich dann mal zum Briefkasten und – guck an! Was ist drin? Ein Zettel vom Bocklosen. »Sie waren leider nicht zu Hause.« Oh, da habe ich mich wohl zwölf Stunden lang in einem Paralleluniversum aufgehalten. »Ihr Paket wurde an Ihren Wunschnachbarn ausgeliefert.«

Liebe Post! Erstens: Mein Wunschnachbar ist George Clooney! Aber ohne diese Frau. Zweitens: Ich glaube nicht, dass mein Wunschnachbar, wie es hier steht, »Keiner da« heißt.

Ich hatte auch schon einen Wunschnachbarn, der »Janine Wagner« hieß. Ist ja ein Ding, hab ich da gedacht, dass meine Nachbarin genauso heißt wie ich.

Ich klingle also bei allen Bewohnern im Haus, um mein Paket zu finden. Es ist ein bisschen wie Ostereier suchen, nur blöd.

Sollte ich mal eine Spenderniere brauchen, lass ich mir die auf jeden Fall nicht mit der Post liefern.

Dritte Möglichkeit: Es landet GAR KEIN Benachrichtigungszettel im Briefkasten. Dass das passiert, kann ich mir nur mit einer sehr ausgeprägten Form des Menschenhasses erklären.

Also ruft man irgendwann bei der Hotline der Post an. Die Mitarbeiterin sagt: »Das Paket wurde aber an Sie ausgeliefert!«

Mit Tränen in den Augen wird einem dann plötzlich klar, warum es heißt: »ein Paket AUFGEBEN«.

Der Vorhof zur Hölle:
Schlaglöcher

Wenn ich auf der Straße vor meinem Haus mit dem Fahrrad unterwegs bin, werde ich regelmäßig von der Polizei angehalten. »Nee, Herr Dings, hier, Herr Wachtmeister! Ich bin nicht besoffen. Ich fahr nur Schlangenlinien, um nicht in die verdammten Schlaglöcher zu fallen.«

Jetzt ist der Zustand der Berliner Straßen sowieso eher wie »DDR 1982«, aber meine Straße toppt echt alles.

Die Schlaglöcher dort sind so tief, die werden von Smart-Fahrern schon als Tiefgarage genutzt. Immer wenn's 'n bisschen doller regnet, siedeln sich sofort Schwäne in den riesigen Löchern an.

Ich sitze seit Neuestem stundenlang am Fenster und muss sagen: Seitdem ist mein Leben deutlich spannender. Ich habe erlebt, wie einige Autos für immer spurlos in Schlaglöchern verschwunden sind. Und wenn ein Bus über eines der badewannengroßen Exemplare fährt, sieht das immer aus, als würde er eine große Laola-Welle machen. Ich überlege mittlerweile ernsthaft, ins Radkappenbusiness einzusteigen.

Klar, ab und zu wird mal eine riesige Baustelle um ein Schlagloch gebaut. Dann dauert es circa drei Jahre, bis sie das Ding gestopft haben. Mit Zahnpasta, vermute ich, denn wenig später ist es wieder offen. Es wäre effektiver, wenn Helmut Schmidt noch leben und mal eben vorbeikommen würde, um die Schlaglöcher mit Hilfe seiner Teerlunge zuzuhusten.

Digitale Idioten:
Mahlzeiten
für Instagram fotografieren

Ich war letztens im Restaurant. Zwei Typen sitzen am Tisch neben mir. Sagt der eine: »Mist, ich hab vergessen, mein Essen zu fotografieren, und hab schon abgebissen.«

Sagt der andere: »Bestell's einfach noch mal.«

Also, bei manchen Menschen frag ich mich echt, ob da noch Blut im Kopf ist. Ja, nennen Sie mich altmodisch, aber wenn ich Essen vor mir habe, dann esse ich es. Und zwar sofort.

Dann war ich auf so einem Food Market. Und habe beobachtet, wie Mütter Eistüten mit Marshmallows fotografieren und dann wegschmeißen. Was geht denn hier ab?

Essen fotografieren … das hieß früher: Fotos von einer unattraktiven Stadt im Ruhrgebiet machen, die sich keiner angucken will. Heute heißt das: Fotos von einem Avocado-Kürbis-Toast machen, die sich keiner angucken will.

Ich frage mich ja schon, ob ich, wenn ich im Restaurant bin und mein Essen nicht fotografiere, dann rausgeschmissen werde?

Ich könnte schon gar nicht jede Mahlzeit fotografieren, weil ich es bei fünfzehn Mahlzeiten am Tag zeitlich nicht schaffen würde. Außerdem habe ich Angst, dass so eine Portion Senfeier ästhetisch nicht so gut ankommen würde wie ein Chia-Blaubeer-Müsli. Früher hat man seinen Kinder gesagt: »Martina, Uwe, Stefanie! Es wird erst gegessen, wenn alle am Tisch sitzen.« Heute sagen die Eltern: »Finn, Greta, Lennart! Es wird erst gegessen, wenn wir das Essen fotografiert haben!«

Was kommt als Nächstes? Menschen, die ihre Mahlzeiten auch NACH dem Essen fotografieren?

Ich folge auf Instagram jetzt nur noch Accounts aus Äthiopien. Die haben kein Essen, das sie fotografieren könnten.

Warum habe ich nicht verhütet?:
Beim Kinderarzt

Wer denkt, ein Weltuntergang wäre schlimm, war noch nie mit einem kranken Kind ohne Termin beim Kinderarzt. Gut, dass ich Winter- UND Sommerklamotten für die Kleine eingepackt habe. Man weiß nie, wie lange man hier sitzen wird. Das Wartezimmer: der Vorhof zur Hölle.

Wir hätten uns gar nicht die Mühe machen müssen, eine eigene Krankheit mitzubringen. Ein Mädchen, das aussieht wie ein Streuselkuchen, leckt erst mal alle Buntstifte ab. Ein Junge, der seinem Husten nach zu urteilen offenbar Kettenraucher ist, will die ganze Zeit das Ohr meiner Tochter küssen. Das Gute ist, ich kann mir schon mal angucken, welche Krankheiten wir in der nächsten Woche haben werden. Meine Kleine malt jetzt mit den angeschleckten Buntstiften. Und mein innerer Monk wünscht sich gerade nichts mehr als eine Badewanne voll Desinfektionsmittel.

Mittlerweile kenne ich die Namen aller anwesenden Kinder. Und die haben sehr lange Namen. Hier gibt's wirklich noch einen Justin Marlon Tyler und einen Kevin Jerome. Beide sind nicht älter als zwei Jahre. Mann, Mann, Mann, haben deren Eltern denn gar nichts gelernt?

Nach hundert Stunden Warten quengelt auch meine Kleine ein bisschen. Sie schmeißt die Legokiste über Kevin Jerome und brüllt die ganze Zeit: »Ich will einen Hund!« Und Mami einen Schnaps.

Es riecht wie in einem Affenkäfig. Ein Kind verschenkt seine Popel. Eine Mutter hält ein Untersuchungsheft in der Hand, auf dem ein Sticker klebt: »Impfen, nein danke.« Ich will so dermaßen nach Hause, davon kann E. T. nur träumen!

Der Kinderarzt guckt kurz fröhlich in den Raum und fragt: »Ach, was wäre das Leben ohne Kinder?!« Und ich denke: Keine schlechte Idee!

Der Mensch als Sklave:
Drehtüren

Im Fachjargon der Beamten heißen sie »Personenvereinzelungs-anlagen«. Wir normale Menschen sagen »Drehtüren«. Und ich hasse sie!

Jede Souveränität, jedes Gefühl, man hätte sein Leben im Griff: Beim Benutzen einer Drehtür weiß man, man ist nicht lebensfähig. Allein schon die Frage: Renn ich jetzt noch schnell in die Kabine, in der schon acht Leute drin sind, oder warte ich auf die nächste?

Oft befinden sich neben der Drehtür zwei »normale« Türen. Diese sind aber so schwer zu öffnen, dass es sich hierbei nur um Mobbing handeln kann.

Ist man dann mal in der Drehtür drin, tippeltappelt man mit kleinen Schritten entwürdigend vor sich hin. Aua! Die Drehtür stoppt. Ich knalle mit dem Gesicht an die Scheibe. Welcher böse Mensch ist jetzt hier

noch hereingeschlüpft? Alle latschen sich gegenseitig auf die Füße, und dem Zuspätkommer wird die Pest an den Hals gewünscht.

Dabei hält eine Drehtür auch an, wenn man allein drin ist. Wieso? Welcher menschenhassende Diplom-Ingenieur hat sich das ausgedacht? Wieso verbringe ich neunzig Prozent meiner Freizeit gefangen in Drehtüren?

Natürlich gibt es auch immer eine Pfeife, die vorne an die Scheibe drückt, damit's schneller geht. Diese Pfeife bin meistens ich. Ja, was denn? Wenn das Ding langsamer ist als eine bekiffte Schnecke!?

Ich bin ja Journalistin und habe knallhart recherchiert und herausgefunden: Die Steh- äh, Drehtüren sind so lahm, um das Gehtempo zu verringern, damit die Kunden dann im Laden entspannter sind. Ich möchte ja nichts sagen, aber das verdammte Gegenteil ist der Fall! Und das Schlimmste ist, dass man zwar immer völlig genervt in einer Drehtür steckt, es aber keine Möglichkeit gibt, sie wutentbrannt zuzuschlagen. Hinter jeder Drehtür müsste ein Boxsack hängen, damit man seine Aggressionen erst mal loswerden kann.

Eine Drehtür ist wie eine Frau, sie möchte nicht bedrängt werden, sonst gibt's Ärger! Sie bestimmt, wie schnell es vorangeht. Schön und gut, aber verdammt noch mal, ich will Automatiktüren, die sind so schön devot!

O schön, ein Gürtel aus Bierdeckeln!: Selbstgebastelte Geschenke

Hätte ich 1996 doch nur auf meinen Berufsberater gehört und wäre Filzmacherin geworden. Dann wär ich jetzt stinkreich.

Filz ist der Gott der Do-it-youself-Jünger! Von meiner Tochter bekam ich letztes Jahr Salatbesteck aus Filz geschenkt. Haben sie in der Kita gebastelt. Erzieherinnen raus aus Deutschland!

Ich meine, ich freue mich ja über Selbstgebasteltes. Zum Beispiel Häuser und so'n Zeug.

Keine Ahnung, bei welchem Batik-Workshop die Idee entstand, Selbstgebasteltes käme »von Herzen«. Ich verzichte auf Dinge, die von Herzen kommen, wenn sie gruseliger aussehen als ein Fahndungsfoto von Lindsey Lohan.

Aber Selbermachen ist so unglaublich angesagt, dafür muss natürlich auch gleich ein neues fesches Wort her. »Crafting« heißt das jetzt. Schöner wird der Traumfänger aus Schwämmen davon aber auch nicht.

Es braucht ein logistisch ausgeklügeltes System, um diesen ganzen Spuk genau dann wieder herauszukramen, wenn der Schenkende wieder einmal unerwartet vor der Tür steht. Und ein, zwei Gläser Schnaps, um die Androhung zu verkraften: »Ach, wusste ich doch, dass dir das gefällt. Kriegste dieses Jahr gleich wieder was Selbstgemachtes!«

Ja bitte, mir fehlt noch ein Haarreifen aus Kastanien, ein Küchenrollenhalter aus Knete und ein Schneidebrett aus Pappmaché.

Aber dieses Jahr zu Weihnachten kriegt meine Tochter auch mal etwas Selbstgebasteltes von mir: ein Kuscheltier aus Salzteig. Damit sie weiß, wie ich mich immer fühle.

Dann doch lieber auf dem Balkon lassen: Leergutautomaten

Ich habe einen wunderschönen Balkon. Wie fast jeder Berliner nutze ich ihn vor allem zur Aufbewahrung von Pfandflaschen. Bevor ich losgehe und Pfandflaschen abgebe, frage ich telefonisch immer erst mal im Supermarkt nach, ob die auch genug Bargeld dahaben.

Im Supermarkt. Vor mir stehen alle vier Millionen Pfandflaschensammler dieser Stadt. Das kann dauern, denk ich und lege mich auf das Bett, das ich mir aus Bierkästen gebaut habe.

Als ich dran bin, zittere ich vor Angst! Leergutautomaten legen ja eine Strenge an den Tag, wie man sie sonst nur von DDR-Eislauftrainerinnen kannte.

Das Ding scannt und scannt –, und nichts passiert. Meine Güte, bloß weil von der Flasche nur noch der Deckel übrig ist … Man kann sich aber auch anstellen!

Neue Flasche, neues Glück. Diese dreht sich ungefähr achttausend Mal um sich selbst. Die Frau hinter mir ruft: »Das ist, weil da noch Cola drinne ist!« Mit größtem Ekel trinke ich die 0,0003 Liter aus.

Auch meine nächste Flasche trifft offenbar nicht die Erwartungen der deutschen Automaten-Industrie. Jetzt reicht's. Ich frage nach einer Mitarbeiterin, die nach drei Tagen auch schon kommt.

»Die Flasche ist von LIDL!«

»Wie? Ich dachte, jeder muss jetzt alles annehmen?!«

»Das EDV-System tauscht die Etiketten der Flaschen mit den Clearing-Stellen aus.«

»Wie bitte?«

»Das EDV-System.«

»Jaja, akustisch habe ich das schon verstanden.«

Ich gebe auf und stecke die Flaschen zurück in meinen Beutel. Ein ekelhaftes Gefühl! Als würde man aus Verzweiflung einen müffelnden Ex-Liebhaber zurücknehmen.

Am Ende bekomme ich einen Euro und fünfundzwanzig Cent. Für Berlin gar kein schlechter Stundenlohn.

Hit the road!:
U-Bahn-Musiker

Wenn ich so überlege, wünsche ich mir nur eine einzige Sache: U-Bahn-Musiker mit Talent!

Man steigt einmal in die U-Bahn ein und trifft schon auf so viele »Musiker«, dass man danach erst mal sein Gehör in die Reinigung bringen muss.

Die Nummer eins unter den »O-Gott-nein-nicht-die-schon-wieder-Erbarmen!«-Musikern ist die »Hit The Road Jack«-Band mit ihrem Akkordeon und einem Kasten, der so klingt, als würde er gerade einen Frosch klein schreddern. Wenn jetzt noch einer mit den Fingernägeln über eine Tafel kratzen würde, wär's perfekt.

Entschuldigen Sie, haben Sie vielleicht noch ein zweites Lied im Portfolio? Vielleicht »Je t'aime«? Dazu könnte ich wenigstens noch an der Haltestange tanzen und dann hätten wir alle was davon.

Ich bin jedes Mal so erleichtert, wenn die Kollegen und ihr drei Tonnen schweres Equipment gerade den Wagen verlassen, den ich betrete. Aber am Alexanderplatz steigt dann eine »Sängerin« ein, die »My heart will go on« im Mickey-Mouse-Tempo singt, damit es zwischen zwei Stationen passt. Danach geht sie herum: »Geben Sie bitte etwas Geld!«

»Geben SIE bitte ganz viel Schmerzensgeld!«

Sinnlos:
Essen kochen für Kinder

So, jetzt wieder Neues aus der Kategorie: Worin ich als Mutter versage. Thema: Essen.

Wie schön ich mir das früher immer ausgemalt habe: Wir alle kochen gemeinsam. Das Kind schnibbelt Auberginen und Pastinaken, und am Ende essen wir alle stundenlang, fröhlich lachend ein marokkanisches Minzgericht. HAHAHA!

Die Realität sieht doch so aus: Man steht eine Stunde lang in der Küche, und das Kind sagt: »Das ist das bähste Essen, das du je gemacht hast!«

Jaja, Kinder! Sie geben einem so viel zurück! Den Teller mit gekochtem Essen zum Beispiel!

Zusammenfassend kann man über meine Tochter sagen: Sie isst eigentlich nur Nudeln. Und trockene Nudeln. Nudeln mit Tomatensauce? Eventuell mit richtigen Tomaten drin? Nein.

Wer behauptet, mit Kindern gehe die Zeit so schnell vorbei, hat noch nie darauf warten müssen, dass meine Tochter ein zwei Millimeter großes Tomatenstückchen isst.

Na ja, als Erwachsener isst man eben mehr Gemüse als Kinder. Weil man nämlich ständig aufessen muss, was die Kinder hätten essen sollen!

Suche Ladekabel für mich selbst:
Müde

So müde wie heute war ich lange nicht mehr. Trotzdem erinnere ich mich daran, als sei es gestern gewesen. WEIL ES GESTERN WAR!

Wenn Sie im Lexikon Müdigkeit nachschlagen, erscheint ein Eintrag über mich. Ich bin so antriebslos, ich könnte bei der Post hinterm Schalter arbeiten.

Weil es immer gut ist, die Schuld bei anderen zu suchen, schiebe ich alles auf mein Kind. Ich möchte zum Beispiel gern morgens bis um acht schlafen. Die Kleine möchte bis um fünf schlafen. Wir schließen einen Kompromiss. Und spielen um fünf Uhr elf Verstecken!

Ich gähne so doll, es würde mich nicht wundern, wenn ich dabei das Universum verschlucke. Könnte mal bitte jemand ein Ladekabel für den Menschen erfinden?

Falls sich das mit meiner Müdigkeit so weiterentwickelt, brauche ich demnächst einen Pfleger, der mich duscht und füttert. Das kann nicht so weitergehen. Ich brauche noch mehr Kaffee!

Dabei finanziere ich mit meinem Kaffeekonsum schon halb Äthiopien. Einige Kaffeebauern da haben sogar schon ein Foto von mir im Portemonnaie.

Mit dem Leben abgeschlossen: Menschen in Multifunktionsklamotten

Ich fühle mich ästhetisch belästigt. Von Menschen in Multifunktionsklamotten. Kurz: MufuKla.

Sind Jack-Wolfskin-Jacken für Menschen ab vierzig mittlerweile gesetzlich vorgeschrieben? Für viele scheint es ja sehr schwierig zu sein, dem Drang zu widerstehen, sich eine Outdoor-Jacke zu kaufen.

Wie oft passiert es mir, dass ich Menschen mit drei Punkten über die Straße helfen will? Dabei sind die gar nicht blind! Sondern nur geschmacklos angezogen! Die drei Punkte sind drei blöde Tatzen.

Haben all diese Leute keine Freunde? Denn Freunde würden Freunde nicht in so was herumlaufen lassen, sondern einem ins Gesicht brüllen: »Jetzt reiß dich aber mal zusammen!«

Mal davon abgesehen, dass jeder, der Multifunktionsklamotten trägt, das schillernde Charisma eines ollen Tafelschwamms hat … Wir sind hier nicht am Fuße des Mount Everest! Auch nicht, wenn ihr eine Marke tragt, die mit dem Slogan »Draußen zu Hause« wirbt. Die Einzigen, denen die Fummel demnach zustehen, sind Obdachlose.

Schlimmer als ein Mensch in Multifunktionsklamotten sind eigentlich nur noch Paare in Multifunktionsklamotten.

Viele Eltern bekommen anscheinend zur Geburt ihres Kindes einen »North Face«-Gutschein geschenkt. Es ist ja irgendwie auch progressiv, wenn man so offen zur Schau trägt, dass im Bett nichts mehr läuft. »Sex ist doch primitiv und eklig! Wir laufen lieber in unseren mit dreißig Taschen ausgestatteten, feuerabweisenden Outdoor-Jacken durch Berlin.«

Man kann nicht mehr im Park spazieren gehen, ohne dass einem ein Paar im praktischen Zwillings-Look entgegenkommt. Obwohl! Letztens war ich im Park und habe tatsächlich ein Schwanenpaar gesehen, das keine Jack-Wolfskin-Partnerjacken trug!

Mami, ärgere dich nicht: Spieleabend

Egal ob Gewicht oder Spiele: Ich kann einfach nicht verlieren.

Früher hab ich zum Beispiel beim »Mensch ärgere dich nicht« nie verloren! Das Brett ist seltsamerweise immer kurz vorher vom Tisch geflogen!

Jetzt, mit Kind, muss ich aber so tun, als wäre es sehr wichtig, dass man im Leben auch mal verliert. Gähn! Wenn meine Tochter mal Zweite ist, rede ich tröstend auf sie ein, dass das doch gar nicht so schlimm sei. Wenn ich Zweite werde, habe ich sehr blutige Bilder im Kopf! Ich versuche, mich im Griff zu haben. Das gelingt meist so semi.

Um achtzehn Uhr sage ich noch laut: »Leute, nicht vergessen: Der Spaß steht im Vordergrund!«

Zwanzig Uhr, ich so: »Wenn du mich jetzt rausschmeißt, kommst du ins Heim! Und auf meinem Würfel gibt's auch keine Sechsen, nur Einsen!«

Alle lachen über mich.

Der Mann ruft: »Bin ich froh, dass ich hier nicht der Loser bin!«

Jaja, du kannst froh sein, dass wir keine Axt im Haus haben!

Als dann mein Männchen kurz vorm Erreichen des Ziels rausgeschmissen wird, kann ich auch vor meiner Tochter nicht mehr als Vorbild dienen. Ich renne vom Tisch und gebe allen anderen die Schuld. So einen Familienspieleabend habe ich in Zukunft auch gar nicht mehr nötig. Ich kann so schlecht verlieren, ich werd einfach Kanzlerkandidat der SPD!

»Zu verschenken«: Sperrmüll auf die Straße stellen

Wer sein olles Gerümpel nicht mehr will, stellt es einfach vor die Tür und hängt einen »Zu verschenken«-Zettel dran.

Bei mir vorm Haus steht jetzt schon seit Monaten ein alter Tisch. Daran ein Zettel mit der Aufschrift »zu verschenken – voll funktionsfähig«. »Was?«, rufen Sie jetzt, »und den hat noch keiner mitgenommen?« Tja, das mag wohl daran liegen, dass der voll funktionsfähige Tisch nur noch aus einer Tischplatte besteht.

Es scheint gerade ganz groß in Mode zu sein, seinen Müll auf die Straße zu stellen und mit einem »Zu verschenken«-Schild zu versehen. Nee, ihr faulpelzigen Flitzpiepen, wir wollen eure großzügigen Geschenke nicht. Weder die tausend VHS-Kassetten noch das kaputte Aquarium und erst recht nicht diese ekelhafte gelbe Matratze. Bin ich eigentlich der einzige Mensch, der, wenn er nachts pullern muss, noch aufsteht?

Ja, auch ich verspüre manchmal den Impuls, meinen alten Ballast mit einem »Zu verschenken«-Schild rauszustellen. Abgefackelte Teppiche, durchbrochene Lattenroste, bockige Töchter. Aber mach ich das? Möchte ich, dass mein Kiez aussieht wie eine siffige Studentenbude? Nee, das Zeug kommt schön in den Keller. Kriegt die Kleine, wenn sie auszieht.

Oh, da, ein einzelner Rollschuh! »Zum Mitnehmen« steht dran. Von wem ist der? Von einem Einbeinigen?

Und kiek: vier schmuddelige Stühle und eine verranzte Couch, oder ist das das Mobiliar eines Hipster-Cafés? Daneben steht eine Lampe ohne Stecker. Noch ein Fernseher und man könnte alles für zweihundert Euro vermieten.

An einer Mikrowelle klebt das Schild »Für Bastler«. Leider besitze ich keine Mikrowellentür, um das Ding noch mal in Schuss zu bringen.

Das kann nicht so weitergehen. Letzte Woche. Wie ein Rentner liege ich am Fenster auf der Lauer und sehe, wie ein paar Taugenichtse Gerümpel an die Ecke stellen. »Hallo!? Sie stellen jetzt aber nicht Ihren Müll hier hin!«

»Das sind unsere Möbel! Wir ziehen um!«

»Oh.«

Der All-Inclusive-Urlaub
des Arbeitnehmers:

Die Weihnachtsfeier

Es gibt jede Menge Regeln, die besagen, wie man sich auf einer Firmenweihnachtsfeier verhalten soll. Natürlich befolge ich keine von ihnen. Die Beschreibung »Ich bin die von der Weihnachtsfeier« hat schon öfter Mitarbeitern aus anderen Abteilungen am Telefon auf die Sprünge geholfen.

Ach, schön. So eine Feier ist doch immer eine tolle Gelegenheit, um Kollegen zu sehen, die man schon den ganzen Tag gesehen hat. Oh, sie haben sich extra schick gemacht. Da haben in den Primark-Filialen dieser Stadt aber ordentlich die Kassen geklingelt. Auch ich trage natürlich meinen schärfsten Fummel. Eine sorgsam errichtete

Fassade wird es mir auch an diesem Abend wieder gestatten, mich komplett danebenzubenehmen.

Gut, dass ich vorsichtshalber ein Klinikbett für die Nacht gebucht habe. Und der Alkohol zeigt Wirkung: Manchmal ertappe ich mich dabei, einen Kollegen richtig nett zu finden. Gott sei Dank wird das am nächsten Tag wieder vorbei sein.

Irgendeiner schleimt sich natürlich wie immer beim Chef ein. Wäre ich er, würde es mir ziemlich auf die Nerven gehen, wenn sich meine Mitarbeiter in meiner Gegenwart aufführen würden, als wäre ich eine demente Millionärstante, die gerade dabei ist, ihr Testament zu machen.

Ich hingegen tanze mit dem Weihnachtsbaum zu Helene Fischer, lege mich aufs Buffet, verkaufe eine Niere … Aber ansonsten verläuft der Abend ohne große Eskapaden.

O schön, ein Batterieaufladegerät!: Geschenke von Männern

Nach vielen Jahren Erfahrung kann ich eines sagen: Die meisten Männer machen entweder sinnlose Geschenke … oder total sinnlose Geschenke.

Ein Mann, mit dem ich mal was hatte, der einzige natürlich, schenkte mir mit leuchtenden Augen ein Batterieaufladegerät. Das war wohl diese Liebe, von der immer alle reden.

Von einem anderen, mit dem ich mal was hatte, der einzige, bekam ich eine Mütze in der Form eines Muffins. »Na, weil du die doch so gerne isst.«

Die männliche Logik ist wie Wackelpudding: Ganz, ganz schwer zu fassen. Zur Muffin-Mütze gab's übrigens einen Strauß Blumen. Plastikblumen! Männer, die Frauen Plastikblumen schenken, gehören in die Schießbude gestellt.

Ach, wie gern würde ich mal was richtig Schönes geschenkt bekommen. Was Romantisches, das zu mir passt. Ein Käse-Abo oder so.

Stattdessen bekomme ich einen Raststätten-Führer (ich habe noch nicht mal ein Auto), eine Zeckenzange, eine ausgedruckte und gebundene Bachelorarbeit des Schenkenden, einen Autoaufkleber mit der Aufschrift »Tussi on tour« (ICH HABE KEIN AUTO!!!), einen halben Autoreifen, den ich »mit Blumen bepflanzen« kann, ein rosa Plüschtelefon, einen Gutschein für zwei weitere Gutscheine meiner Wahl …

Warten auf die Wartenummer:
Berliner Bürgerämter

Es ist Montagmorgen. Spontan beschließe ich, ohne Termin aufs Bürgeramt zu gehen. Man kann natürlich online einen Termin machen. Doch leider ist da bis 2024 alles ausgebucht.

Vor dem Bürgeramt Berlin-Wedding: Warum stehen hier so viele Leute an? Ist das ein Flashmob? Also wenn's am Ende dieser Schlange keine Bananen gibt, dann flipp ich aber aus!

Sehr viel später: Ich habe eine Wartenummer! Oder ist das meine IBAN-Nummer?

Sehr, sehr viel später: Ich will nicht sagen, dass die Wartezeiten hier sehr lang sind, aber braucht irgendjemand einen neunzehn Meter langen Strickschal?

Hier gibt's ja noch nicht mal ein Schlafabteil. Servicewüste Deutschland!

Sehr, sehr, sehr viel später: Zum Zeitvertreib fülle ich alle Formblätter dieser Stadt aus, unter anderem den »Antrag zur Meldung unerwünschter Wirkung von Tierarzneimitteln«, den »Antrag zur Überprüfung von Leitern und Tritten« und den »Antrag 60 zur Beantragung des Antrages 61«.

Irgendwann bin ich dann doch dran und gebe der Beamtin meinen »Antrag zur Ausstellung eines Reisepasses« und mein Foto.

Sie fragt: »Sind Sie dit?«

»Ja!?«

»Oh, dit tut mir jetzt aber leid, aber dit Foto is' mittlerweile veraltet.«

Süßigkeiten verschenken? Nein, danke!: Halloween

Halloween in Berlin sieht so aus: Ein Prozent der Menschen steht bekloppt und betrunken in Kostümen in der Gegend herum und neun-undneunzig Prozent denken: mir doch egal.

Mal ehrlich: In dieser Stadt ist Halloween auch nur ein Tag wie jeder andere. Der Typ neben mir geht zum Beispiel als Stinktier. Das Kostüm fehlt noch, aber der Geruch stimmt schon mal. Ich selbst trage auch heute wieder mein labiles Nervenkostüm.

Zu Hause zwingt mich meine Tochter, ein Gesicht in einen Kürbis zu schnitzen. Bin ich froh, dass KÜRBIS das offizielle Halloween-Gemüse ist. Nicht auszudenken, es wären Erbsen.

Das Kind will noch mehr Grusel-Deko. Ich drucke ein paar Fotos von mir aus den Neunzigern aus und hänge sie überall in der Wohnung auf.

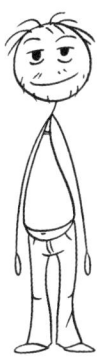

Es klingelt. Ich gucke durch den Spion. Ein paar übel aussehende Gestalten stehen vor der Tür. »Nein, ich möchte nicht über Gott reden!«

Dann höre ich auf einmal ein Geräusch, das klingt, als würden jede Menge Eier gegen die Tür fliegen.

Die Kleine möchte, dass wir uns Kostüme anziehen. »Wie willst du denn die Kinder erschrecken, Mami?«

»Du, ich verkleide mich einfach als Schule.«

Wir rufen: »Süßes oder Saures!«, denn wir wollen Schokolade und sinnloses Plastikspielzeug. Wir bekommen Reiswaffeln und Kuscheltiere aus Holz.

Ach, mir reicht's. Ich verkleide mich jetzt als jemand, der zu Hause auf der Couch Fernsehen guckt.

Für kostenlose Taschentücher neben Geldautomaten!:
Sparen

Mann, bin ich froh, dass Geldautomaten nicht lachen können. Mein Geld und ich verlieren langsam den Kontakt zueinander. Keine Ahnung, wohin es immer verschwindet.

Wenn ich all das Geld, das ich für Alkohol, Klamotten und sinnlose Küchengeräte ausgegeben habe, gespart hätte ... ja, dann würde ich es jetzt wohl für Alkohol, Klamotten und sinnlose Küchengeräte ausgeben. Hallo, ein Minidönerspieß!? Ein Tomatenstrunk-Entferner!?

Dabei habe ich sogar ein Sparschwein. Und ich füll das auch ... manchmal. Immer wenn ich nett zu anderen Menschen bin, werfe ich als Belohnung einen Euro rein. Wenn ich nicht nett zu ihnen bin, muss ich einen Euro rausnehmen. Ich schulde dem Ding 1700 Euro.

Aber generell hab ich das Sparen schon drauf. Ich habe mir heute zum Beispiel keinen Ferrari gekauft. Und dadurch zweihundertfünf-

zigtausend Euro gespart! Da sag noch einer, ich könne nicht mit Geld umgehen!

Na gut, ab jetzt spare ich aber wirklich. Ich erstelle gleich mal eine To-Do-Liste. Darauf schreibe ich die Dinge, die schon erledigt sind, nur weil sich das Abhaken so gut anfühlt: Keinen Ferrari gekauft. Check.

Was noch? In diesem Winter erst heizen, wenn die Kleine blau anläuft. Und den Eintritt für den Zoo sparen wir uns ab jetzt auch. Wir gucken einfach öffentlich-rechtliches Fernsehen, da läuft ja immer irgendeine Tierdoku.

Damit hätte ich genug Geld gespart, um bis an mein Lebensende ein schickes Leben zu führen … Wenn ich übermorgen abkratze.

Gammelbananenfrei:
Wohnungen in Einrichtungsmagazinen

Ich kaufe gerne Einrichtungsmagazine. Immer wenn ich die Wohnungen darin betrachte, denke ich: Verdammt! Warum sehen diese Buden so unfassbar perfekt aus? Da liegt nie was rum. Ich meine, besitzen die Menschen, die dort leben, Sachen? So was wie ein Router? Tüten? Klammern?

Wohnen dort überhaupt Menschen? Kinder?

Im Kinderzimmer steht immer nur ein afrikanischer Flechtkorb, aus dem ein Holzaffe lugt. Dazu ein paar pastellfarbene Pompons an der Wand. Im Zimmer meiner Tochter dagegen liegen teilweise megahässliche Plüschtiere, einzelne Puzzleteile und zerfetzte Micky-Mouse-Hefte. Es sieht aus, als hätte ein Bus in diesem Zimmer gewendet.

Die Zeitschriften-Wohnzimmer sind immer ein Mix aus »Designklassikern und Fundstücken, die die Besitzer von ihren Weltreisen mitgebracht haben«. Ganz wichtig: Es muss perfekt aussehen, ohne perfekt auszusehen. Häh? Auf dem Boden liegen marokkanische Teppiche. Bei mir liegen Kabel.

Und erst diese Küche! Alles ist verstaut, man sieht nur eine Schale aus Marmor, in der vier Kilo Sternfrüchte dekoriert sind, ein paar Leinentücher und eine frischgebackene Quiche. Gibt's da auch so etwas wie einen Lappen oder eine Gammelbanane? Ich benutze, in Ermangelung eines sauberen Geschirrtuchs, momentan ein T-Shirt.

Na ja, ich warte noch ein paar Jahre, dann wird das T-Shirt als individuelles it-Piece durchgehen und die Gammelbanane ein Vintage-Klassiker sein, den ich mir von meinen Weltreisen mitgebracht habe.

Einfach mal die Klappe halten:
Meinungen

Eine Frage: MUSS heutzutage eigentlich wirklich JEDER Mensch eine Meinung zu ALLEM haben? Selbst Ihre Meinung zu dieser Frage interessiert mich herzlich wenig.

Solidarisches Grundeinkommen, Leitzins, Organspende: jaja, ganz wichtig, aber oft weiß ich darüber nicht genug, um gleich die Klappe aufzumachen. Oder damals, als es ein Riesen-Trara wegen der Silvesterböllerei gab: verbieten oder nicht? Und es gab nur ja oder nein, schwarz oder weiß. Äh, sorry, aber ich kann mich nicht entscheiden. Ist das heute noch erlaubt? Ich meine, die Welt ist komplizierter als 'ne IKEA-Bauanleitung, aber anscheinend muss jeder mitreden.

Ich finde Menschen gut, die eine Meinung haben. Noch besser finde ich Menschen, die nicht zu allem eine haben.

Hybridautos, Wölfe, Kokosmilch, Wärmedämmung, Syrienintervention, Silikonshampoo: Zu allem muss man sich heutzutage äußern. Aber sollte man dafür nicht informiert sein und Pro und Contra ausgiebig abgewogen haben? Die Zeit dafür habe ich gar nicht. Und oft fehlt mir schlicht das Interesse: Entschuldigung, es gibt Menschen, die haben ein Leben!

Wenn ich zum Beispiel in der Kantine mitbekomme, dass alle Kollegen eine Meinung zum Thema Paleo-Diät haben, frage ich mich: WARUM? Dann habe ich keinen Bock auf freie Meinungsäußerung, sondern darauf, von meinem Recht zu schweigen Gebrauch machen zu dürfen.

Vor allem ist es doch so: Im Grunde braucht man gar keine eigene Meinung. Egal, was man sagt, die anderen sagen einem sowieso, ob sie richtig oder falsch ist.

Dann jogg ich eben zu McDonald's:
Diät

Als moderne Frau von heute hasse natürlich auch ich meinen Körper und vergleiche ihn ständig mit denen von russischen Models. Ich schaffe es einfach nicht abzunehmen. Weiß gar nicht, warum. Haben denn nicht alle Menschen stets ein Glas Nutella dabei, weil man schließlich nie weiß, bei welchem Gesundheitsfanatiker man am nächsten Morgen aufwacht? Aber es gibt eine Sache, die mich an der Nuss-Nougat-Creme stört, da müssen die noch mal ran: Suppenkellen passen da einfach nicht rein!

Okay, ich also auf die Waage, Gewicht checken! Für ein besseres Ergebnis ziehe ich den Bauch ein. Aber, o Gott, was ist das für eine Zahl? Sieht aus wie meine IBAN-Nummer.

Ich kaufe sofort alle drei Millionen Frauenzeitschriften, die diese Woche eine neue »Fünfzehn-Kilo-weniger-in-fünf-Minuten-Diät«, »Natürlich-abnehmen-mit-Schweinebandwurmsalat-Diät« oder »Weniger-Kilos-dank-Beinamputation-Diät« versprechen.

Klingt alles verlockend, aber für den Anfang werde ich einfach weniger futtern. Bestes Diät-Essen: der Döner. Die eine Hälfte fliegt auf den Boden, die andere in den Schal. Als Zwischensnack dann eine Handvoll Popcorn, denn Popcorn gleich Mais gleich Gemüse. Am Abend schlendere ich zufrieden in die Fastfood-Bude: »Fünf Cheeseburger und eine Cola. LIGHT. Ich bin auf Diät.«

Eine Woche später bin ich wieder auf der Waage. O Gott, was ist das für eine Zahl? Sieht aus wie meine Festnetznummer. Diese Diät haut irgendwie nicht hin. Ich muss die Döner-Diät wohl noch etwas ausweiten: Ich dreh mich einfach so lange im Kreis, bis das fettige Fleisch abfällt.

Verhütungsmittel: »Lach doch mal!«

Egal ob auf der Arbeit oder auf der Straße, wenn ich eines hasse, dann ist es, wenn Männer ungefragt zu mir sagen: »Lach doch mal!«

Gab es jemals einen Mann auf der Welt, dem es gelang, mittels dieses Satzes eine normal guckende Frau zum Lachen zu bewegen? Seine Wirkung ist genauso hoch wie bei einem im Streit gesagten »Beruhige dich!«. Das führt ja bekanntermaßen auch zur sofortigen Beruhigung.

»Lach doch mal!« – ein Satz, der noch keinem Mann in der Öffentlichkeit hinterhergerufen wurde. Sind wir Frauen dazu da, um hübsch grinsend durch die Gegend zu laufen, oder was?

Nein, ich bin auch nicht traurig, es ist alles okay. Das ist mein Gesicht!

Mir wurde der Satz auch schon zugerufen, während ich konzentriert arbeitend vorm Computer saß. »Ich kann nicht lachen, du Flitzpiepe, dann reißt die Haut in meinem Gesicht.«

Vor ein paar Jahren hat Erdogan in der Türkei überlegt, das Lachen für Frauen unter Strafe zu stellen. Endlich ein Land nach meinem Geschmack. Nein, Quatsch, ich lache ja gerne, nur eben nicht unmotiviert und vor allem nicht, wenn ich dazu aufgefordert werde.

In Zukunft werde ich auf ein »Lächel doch mal, dann bist du viel hübscher!« antworten: »Halt doch mal den Mund, dann bist du viel intelligenter!«

Tamagotchi-Friedhof:
Keller

Ich verstehe nicht, woher der Ausspruch »zum Lachen in den Keller gehen« kommt. In meinem gibt's überhaupt nichts zu lachen.

Als Kind hat man Angst, im Dunkeln in den Keller zu gehen. Als Erwachsener im Hellen, weil man dann das aufzuräumende Gerümpel sieht. Was in meinem so lagert … Tausende Videokassetten, für den Fall, dass der Videorekorder noch mal ein Revival erlebt. Hunderte unterschiedliche Regalbretter, für den Fall, dass mein jetziges Regal einbricht, so was kommt ja ganz oft vor. Dutzende Tamagotchi, für den Fall, dass ich noch mal fünfzehn werde.

Dann alle Hefter aus der Schule, falls ich mal wissen will, worin der zweite Schritt der Photosynthese besteht und wie das Internet gelöscht wurde.

Ich rufe beim Ordnungsamt an. Nein, man sei nicht für Unordnung in Kellern zuständig! Servicewüste Deutschland!

Dieses Keller-Inspizieren eröffnet ganz neue Möglichkeiten. Falls ich zum Beispiel doch mal heiraten sollte, könnte ich vierhunderteinundzwanzig zerbeulte Tischtennisbälle in die Ehe mitbringen. Na, Timo Boll, wie wär's?

Ich erinnere mich zurück an 2015, als in meinen Keller eingebrochen wurde … Und die verdammten Diebe haben nichts von dem ganzen Gerümpel mitgenommen. Ich habe es ihnen bis heute nicht verziehen!

Ich stolpere über einen dreibeinigen Esstisch direkt in die Kiste mit alten Vasen, die ich schon lange, also nie, gesucht habe. Wie sehr wünsche ich mir stattdessen ein paar Leichen im Keller.

Die wahren Sicherheitslöcher:
Kinder, die Geheimnisse ausplaudern

Letztens war bei uns die Freundin meiner Tochter zu Gast. Jedenfalls weiß ich jetzt, dass ihr Vater vor Wut mit dem Kinderkoffer den neuen Fernseher eingeschlagen hat.

Vergessen Sie Facebook, Google, Twitter! Die wahren Sicherheitslöcher für unsere privaten Daten sind Fünfjährige!

Von einem Jungen weiß ich, dass seine Eltern ihm erzählt haben, bösen Kindern bringe der Weihnachtsmann böse Krankheiten. Wie verzweifelt muss man eigentlich sein, um so was seinem Kind zu erzählen? Kann ich komplett nachvollziehen!

Ich finde, diese kindliche Offenheit ist ein Segen. Mich nervt die gespielte Perfektion: Oh, seht alle her, was für eine tolle Familie wir sind ... Mein Mann, der vierzig Stunden am Tag arbeitet, und ich sind ein Herz und eine Seele, und ich backe furchtbar gern abends noch einen Apfelkuchen mit meinen Beinen, weil ich auf den Armen die neugeborenen Zwillinge jonglieren darf. Ich liebe mein Leben.

Von wegen! Einmal mit so 'ner Kleenen in der Umkleidekabine im Kindergarten gequatscht, schon kommt raus, dass die Mama jeden Abend ganz viel Traubensaft für Erwachsene trinkt.

Oh, das war ja meine Kleene.

Noch einen Schnaps, bitte:
Elternabende

Meine Kleine kommt bald in die Schule. Der erste Elternabend steht an.

Hallo? Braucht irgendjemand Hilfe bei einem Umzug? Ich stände am Dienstag um neunzehn Uhr bereit. Bitte!

Elternabend. Oder wie ich ihn nenne: die immer wiederkehrende Bestrafung für ungeschützten Sex.

Ich kenne das schon aus der Kita. Man zwängt sich auf viel zu kleine Sitzmöbel, aus denen man nach drei Stunden chirurgisch befreit werden muss.

Dabei bereite ich mich immer gut vor: Zu Hause trinke ich noch schnell einen Schnaps. Meine Kleine ist empört. »Mami, du gehst jetzt zum Elternabend!« – »Ja, okay, gib mir noch einen!«

Ich trage auch immer Klamotten in der Farbe der Stühle, also einen schicken holzfarbenen Overall, damit mich niemand sieht und ich mich mit niemandem unterhalten muss.

Und ich lasse mich vorher immer einmal durch-botoxen, damit mir bei dämlichen Fragen irgendwelcher Eltern die Gesichtszüge nicht komplett entgleiten. Wer behauptet, es gebe keine dummen Fragen, war noch nie beim Elternabend. Dürfen wir das Mittagessen vorher probieren? Bekommt man als Elternsprecher Gehalt? Können die Kinder hier ihren Fußgängerführerschein machen?

Aber ich habe von einem neuen Trend aus dem Prenzlauer Berg gehört: Einige Eltern bringen jetzt ihre Kinder zum Elternabend mit. Wegen Teilhabe und so. Diese Entwicklung finde ich sehr gut. Ich werde meine Tochter dann demnächst allein zum Elternabend schicken.

Was kann das nur sein?:
Tiefkühltruhe

Der Inhalt meiner Tiefkühltruhe besteht vor allem aus zwei Zutaten: Eis und »Was zur Hölle ist das?«.

In den Fächern liegen unzählige Tupperdosen, bei denen ich anscheinend immer wieder aufs Neue angenommen habe: »Brauch-ich-nicht-zu-beschriften-kann-ich-mir-merken«. Eher noch finde ich hier das Bernsteinzimmer als irgendetwas Definierbares. Alle Beutel, Dosen und Schachteln sind miteinander verkeilt. Ich habe nicht ein halbes Jahrzehnt lang exzessiv Tetris gespielt …, damit das jetzt hier so aussieht!

Dazwischen lose kullernde Erbsen und ein paar einzelne Fischstäbchen. Ach, das esse ich bestimmt noch irgendwann. Ich entdecke einen Beutel braunes Etwas. Völlig unklar, wer das wann warum eingefroren hat, wahrscheinlich ist das noch Mammutfleisch.

Ich habe in der Familie mittlerweile das Spiel »Tiefkühl-Tupperdosen-Roulette« eingeführt. Irgendetwas mit undefinierbarem Inhalt wird aufgetaut und muss gegessen werden. Sie suchen mittlerweile eine Adoptionsfamilie für mich.

Fazit: Ich muss unbedingt das ganze Zeug beschriften, sonst finde ich gar kein Gemüse mehr. Oder Soßen. Oder Ex-Partner.

Klamotten für Kinder von Kindern:
Primark

Ich bin mir ganz sicher: Vom Mond aus sieht man den Alexanderplatz als einen braunen Fleck … aus *Primark*-Tüten.

Selbstverständlich war ich auch schon einmal drin. Man muss ja kennen, was man hasst. Es war an einem Samstagnachmittag … und ich habe niemanden ermordet. Wo, verdammt, ist mein Orden?

Schon am Eingang habe ich das Gefühl, ganz Brandenburg, und das sind immerhin zwei-, dreihundert Leute, würde versuchen, sich gleichzeitig durch die Tür zu quetschen. Drinnen ziehen Teenager Körbe so groß wie Gefriertruhen hinter sich her. Der Vorrat an »Klamotten« ist pervers groß. Männer sitzen erschöpft und popelnd auf den wenigen vorhandenen Sitzgelegenheiten. Vierzehnjährige filmen sich dabei, wie sie vor allen Leuten Hotpants anprobieren. Eine Frau reißt ein mit pinken Palmen bedrucktes Maxi-Dings vom Bügel und ruft: »Woooahh, Porno!«

Gruß an *RTL 2*: Hier könnt ihr gut Leute für eure Sendungen casten. Ein Mädchen brüllt ins Telefon: »Ich bin grad Priemarkt.« Ich denke nur, bei jedem »Priemarkt«-Mitarbeiter muss doch nach spätestens einer Woche Arbeit der Menschenhass auf ein Maximum angestiegen sein.

Es gibt auch T-Shirts mit Rolling-Stones- und Nirvana-Aufdruck. Keine Ahnung, was das schon wieder soll, der Musikgeschmack aus den Lautsprechern scheint mir nicht über BUMMBUMMBUMM hinauszugehen, und ich bin mir sicher, dass Kurt Cobain im Himmel leise weint.

Ich falle fast in einen Klamottenberg. Ganz oben liegt eine Hose, die das dreijährige indische Kind, das das Teil genäht hat, mit Plastik-Einhörnern verziert hat. Das Gute: Wenn ich diese chemisch verseuchte Buxe jetzt kaufen würde, könnte ich mir die Enthaarungscreme sparen. Na, und sparen ist hier Gebot Nummer eins.

Schuhe gibt's für sechs Euro. Etwas, das hier »T-Shirt-BH« heißt und Crackhuren bestimmt gut steht, kostet drei Euro. Eine Kundin fragt an der Kasse trotzdem nach Rabatt! Zu viel Nagellack eingeatmet, oder was? Apropos Kasse: Gibt's hier eigentlich Expresskassen für Menschen, die weniger als zweihundert Teile kaufen? Jetzt fragt eine andere Kundin noch nach einer extra braunen Papiertüte: »Als Andenken.«

Ganz ehrlich, wenn ich hier wirklich mal etwas kaufen sollte, und Gott bewahre mich davor, werde ich vor Scham die Sachen in einer Aldi-Tüte verstauen.

Schlimme neue Welt:
Fernseher anmachen

Wissen Sie noch, als man vor ein paar Jahren den Fernseher angeschaltet hat und er war sofort an? Wenn man heute fernsehen will, braucht man ein halbes Dutzend Geräte und ein abgeschlossenes Informatikstudium.

Ich besitze drei Fernbedienungen. Wenn ich Glück habe, geht der Fernseher nach Stunden mal an.

Hilfe, wie war das noch mal, gehört DIE Fernbedienung zum Receiver oder zum Fernseher, und wieso macht der ganze Technikkram, der unser Leben einfach machen soll, es so schwer?

Ich muss die Signalquelle einstellen und mich dafür durch ein Programm navigieren, das aus Buchstabenkürzeln besteht. AV, HDMI … Sorry, ich bin irgendwann bei TKKG ausgestiegen.

Dann den Receiver einschalten. Schnarch. Er braucht drei Menschenleben, um zu laden. Nachdem das Ding an ist, steht die Antenne nicht richtig. Steht sie auf der einen Stelle meines Sideboards, gibt's nur die privaten Programme. Will ich dann doch mal »In aller Freundschaft« oder eine megacoole Tierpark-Doku gucken und auf irgendeinen der öffentlich-rechtlichen Sender umschalten, läuft gar nichts mehr. Dann muss ich die Antenne zwei Zentimeter nach links verrücken und die

ganze Zeit lang nach oben halten. WENN draußen die Sonne scheint … Wenn es regnet, muss das Ding in der linken Zimmerecke platziert werden … fährt noch ein Auto vorbei, ins Bad.

Die Firma, die sich den ganzen Murks ausgedacht hat, wirbt auf ihrer Internetseite mit den Worten »Fernsehen: günstig und scharf!« Ja, genau, für nur siebzig Euro im Jahr gibt's ein Bild so scharf wie Wasser.

Der Vorteil: Während man versucht seinen Fernseher anzuschalten, erfindet man automatisch neue Schimpfwörter!

Trotzdem: Mir reicht's! Ich lese jetzt ein Buch! Die Älteren erinnern sich.

Lauf, so schnell du kannst!:
Junggesellenabschiede

Wenn ich mal heirate, möchte ich zu meinem Junggesellinnenabschied drei Kilo Käse mit Käse überbacken essen und alle Folgen »Monk« gucken. Alleine.

Das möchten leider nicht alle Menschen. Ich vermisse die Zeiten, als man noch über den Alexanderplatz gehen konnte, ohne in einen bescheuerten JUNGGESELLENABSCHIED ZU GERATEN!!!

Denkt eigentlich irgendein Mensch auf der Welt beim Anblick einer Junggesellentruppe: »Oh, welch originelle T-Shirts die tragen und wie schön die singen. Denen will ich glatt was Süßes aus dem Bauchladen abkaufen!« Nein, alle denken doch nur: »Ein Junggesellenabschied? LAAAUUUUUUUUUF!«

Freitagabend. Ein Dutzend Männer zieht einen Bollerwagen hinter sich her, in dem eine Gummipuppe sitzt. Die Typen tragen Baströck-chen und grölen: »Morgen wird geheiratet, heute wird gesoffen.« Wer feiert denn bitte schön seinen Junggesellenabschied am Tag vor der Hochzeit? Der Idiot, äh, der Junggeselle, muss sich jetzt von Frauen

schminken lassen. Ich bin wie immer nicht schnell genug gelaufen und muss einem fremden Mann Kajalstift unter die Augen pinseln. Während ein Freund von ihm mir die ganze Zeit zuruft: »Ich wär so gern dein BH!« Und ich wär so gern wie dein Gehirn. Nicht anwesend.

Junggesellenabschiede ermöglichen es, gleichzeitig Fremdscham und Mitleid zu empfinden. Man ist vor diesem menschlichen Komplettausfall ja auch nirgends mehr sicher. Neulich bin ich in Marzahn auf einen gestoßen. Ich meine, Junggesellenabschiede an sich verstehe ich schon nicht. Aber in Marzahn? Alle Jungs trugen ein T-Shirt mit der Aufschrift: »Sie will und er hat zu wollen!« Witzig, haha. Ich soll aus einem Bauchladen eine Flasche Feigling kaufen und mir ein Kondom über den Kopf ziehen. Weil ich das nicht möchte, rufen sie mir hinterher, ich sei eine spießige Olle, die mal wieder gepimpert werden müsse.

Tja, Männer eben. Oft sehr einfach gestrickt. Eigentlich sind viele von ihnen nur ein einfacher langer Faden.

Wechselbad der Gefühle:
Hotelduschen

Ich verreise nicht mehr. Lohnt sich nicht. Die Hälfte der Reisezeit geht bei mir dafür drauf, Hotelduschen in Betrieb zu nehmen.

Keine Ahnung, in welchem durchgeknallten Hotelmanagergehirn die Idee entstand, man biete seinen Gästen mehr Komfort, wenn man eine Dusche einbaut, für die man Raumschiffingenieur oder so was sein muss. Sorry, aber früher war so eine Dusche relativ selbsterklärend.

Jetzt stehe ich also vor einer silbernen Armatur. Sie besitzt zwei runde Schalter, auf denen nichts steht. Ich habe keine Ahnung, ob ich draufdrücken oder sie drehen muss. Klingt nicht so schlimm, aber aus Erfahrung weiß ich, dass das nicht gut ausgehen wird. Jetzt bloß nicht den falschen Knopf wählen! O Gott, welchen soll ich nehmen? Es ist russisches Duschlette! Ich wähle natürlich den falschen! Obwohl ich mir nicht sicher bin, ob es hier irgendeinen richtigen gibt.

Ich werde von einem stahlharten, heißen Wasserstrahl erschlagen. Voller Panik versuche ich, irgendetwas umzustellen, Wasserdruck oder Temperatur, keine Ahnung, was, weder Gehirn noch Hände funktionieren. O Gott, nein, jetzt kommt auf einmal eiskaltes Wasser heraus.

Erst heiß gekocht und dann kalt abgeschreckt … Bin ich ein verdammtes Hühnerei, oder was? Oder ist das dieses bekannte Wechselbad der Gefühle?

Ich drehe noch mal an irgendeiner Stelle. Jetzt kommt der kalte Strahl aus einer Düse an der Seite. Toll, kalte Schulter. Genau die zeige ich dem Ding jetzt auch. Tschüss!

Und dann gründe ich eine Selbsthilfegruppe für Opfer mobbender Hotelduschen.

Do not open!:
Die Hausapotheke

Immer wenn ich denke, ich wär erwachsen, gucke ich einfach in meine Hausapotheke. Dann weiß ich: hahaha!

In einem Buffalo-Schuhkarton von 1994 türmen sich Schachteln und Flaschen. Dazwischen lose rote und gelbe Tabletten, bei denen ich wohl überzeugt war, später noch zu wissen, wogegen die wirken.

Alles ist wild durcheinander, als wäre es das wirre Tetris-Spiel eines Einhändigen.

Oh, da: achtundzwanzig abgelaufene Kondome, Schwarzwurzelglobuli, drei Zeckenzangen. Hier wohnt anscheinend eine esoterische Ex-Hure mit Angst vor Insekten.

Und ganz eklig: wiederaufgewickelte, teils blutige Wundverbände. Die muss ich irgendwo mal Second Hand gekauft haben. Anders kann ich mir das nicht erklären!

Ich weiß nicht, wogegen die ganzen Tabletten und Sprays helfen. Die Beipackzettel liegen überall zerknautscht im Karton, weil ich zu faul war, sie wieder in die Packung zurückzuschieben. Ich meine, wer tut sich das an? Beipackzettel wieder zusammenfalten und mit dem Medikament zurück in die Verpackung stecken. Was muss der Erfinder des Beipackzettels für eine unfassbare Verachtung für die Menschheit gespürt haben? Ich möchte ihn heiraten.

Viele Tabletten scheinen abgelaufener zu sein als die Zeit der SPD. Aber können Medikamente überhaupt SCHLECHT werden? Die wirken doch nur anders. Und falls es finanziell eng werden sollte, könnte ich sie immer noch am Kottbusser Tor verkaufen oder bei der Tour de France.

Letztens hab ich dann aber doch mal alles entsorgt, was abgelaufen, nicht identifizierbar oder eklig war … und stellte fest: So ein Pflaster nimmt im Schrank doch erstaunlich wenig Platz weg.

Der Mensch, das Tier:
Wenn eine zweite Kasse öffnet

Ich stehe seit Ewigkeiten an der Kasse im Supermarkt. Irgendwann hatte ich mal zehn Eier im Einkaufswagen, mittlerweile sind es zehn frischgeschlüpfte Küken. Ich frage vorsichtig: »Ob Sie wohl bitte, eventuell, vielleicht eine zweite Kasse aufmachen könnten?«

Kurze Zeit (drei Stunden) später erscheint eine Frau im Kittel mit einer Geldkassette, und dann geht es los. Denn wenn im Supermarkt 'ne zweite Kasse aufmacht, sitzt der Teufel in der Ecke und lernt. Jetzt zeigt sich der wahre Charakter eines Menschen.

Die Letzten werden die Ersten sein. Es ist mir völlig schleierhaft, woher Menschen, die in der Schlange ganz hinten standen, sich wie selbstverständlich das Recht nehmen, nach vorn zu sprinten. Es erstaunt mich immer wieder, wie schnell dann selbst alte Menschen werden können. Überall labern sie einen voll: »Wegen meiner Arthrose kann ich kaum gehen.« Blabla. Öffnet eine zweite Kasse, ziehen sie mit fünfzig Kilometern pro Stunde an einem vorbei. Zack, verwandelt sich der Rollator in eine Rakete. Ja, schon klar, Sie haben nicht mehr lange zu leben, aber so knapp ist es nun auch wieder nicht.

Ich beurteile Menschen nicht nach ihrer Religion, Hautfarbe oder Sexualität, sondern ihrem Benehmen, wenn eine zweite Kasse öffnet.

Da wird geschubst, gedrängelt, in die Hacken gerast. Oder um es mit den berühmten englischen Philosophen, den Beatles, zu sagen: HELP!

Aber ich habe jetzt eine für mich spaßige Lösung gefunden. Ich hab mir auf meinem Smartphone die Durchsage »Wir öffnen eine zweite Kasse für Sie« als Audio gespeichert. Und werde sie gebrauchen!

Es lebe das Immunsystem:
Impfgegner

Letztens war ich mit meiner Tochter auf dem Spielplatz und hab erzählt, dass ich sie habe frischimpfen lassen. Oder, wie irgendein Vater auf einmal sagte, vergiften. Denn ER würde seine Tochter nicht impfen lassen. Das führe, ACHTUNG, zu Übersäuerung.

Ich werde auch übersauer, wenn ich solchen Stuss höre. Nein, es reicht nicht, sein Kind an der Haltestange in der S-Bahn oder den Rastalocken der Mama lecken zu lassen.

Na ja, wie sagt mein Kinderarzt immer: »Man muss ja auch nicht alle Kinder impfen lassen, nur die, die man unbedingt behalten will.«

»Aber vom Impfen profitiert doch nur die Pharmaindustrie«, sagen die Impfgegner.

O Mann, manche Leute will ich am liebsten ganz fest umarmen. Bis sie nicht mehr atmen. Globuli und Bachblütensalbe gibt's wohl geschenkt, oder was? Was sagen denn diese Leute ihrem Kind, falls es Masern bekommt? »Das härtet ab, Schatz.«

Denn wie mir der Vater auf dem Spielplatz auch erklärte: »Nach all diesen Krankheiten machen Kinder einen Entwicklungsschritt.«

Genau … Nach Mumps endlich Gebärdensprache. Und nach Wundstarrkrampf den Körper in alle Richtungen krümmen. Und nach Masern endlich durchschlafen. Für immer.

Digitale Idioten:
Kleinkinder mit Tablets

Letztens war ich mit meiner Tochter in 'nem guten Hotel frühstücken. Leider sind wir total unangenehm aufgefallen. Wir waren die einzigen, die kein Smartphone oder Tablet dabeihatten. Stattdessen haben wir uns miteinander unterhalten, face zu face! Die Älteren erinnern sich vielleicht an diese Art der Kommunikation.

Je mehr Sterne das Hotel hat, desto mehr Kleinkinder mit Tablets sichtet man. Wie traurig sind bitte schön Eltern, die ihren Kleinkindern bereits zum Frühstück das Tablet reichen, während sie sich selbst gegenseitig beim Sektfrühstück über zwei Handys hinweg anschweigen?

Ich frage mich immer: Kennen sich diese Menschen, oder wurden sie nur zufällig vom Kellner an einen Tisch gesetzt?

Oder Grundschulkinder, die Videospiele spielen. Nein! Einen Siebenjährigen Fortnite spielen zu lassen, ist keine Medienerziehung, oder wie ihr euch das immer wieder schönzureden versucht. Und fünf Stunden lang Paw-Patrol-Videos glotzen macht eure Kinder auch nicht zu »Digital Natives«, die ihr auf die moderne Arbeitswelt vorbereitet, sondern zu fantasielosen, kommunikationsgestörten ADHS-Patienten.

Aber okay, ich hab meiner Tochter dann doch ein Tablet geschenkt, das benutzt sie jetzt immer, um beim Hotelfrühstück mehr Nutella auf einmal zum Tisch zu tragen.

Voll echt:
Foto-Filter

Es gibt seit einiger Zeit diesen unsäglichen Trend, über jedes mit der Handykamera gemachte Foto einen Filter zu legen. Dieser soll dafür sorgen, dass das eigene Leben noch makelloser und das eigene Gesicht noch schöner wirkt.

Wie viel Zeit und wie wenig Selbstbewusstsein muss man eigentlich haben, um das Dekogedöns in seiner Wohnung stundenlang zurechtzulegen, bis es für Instagram reicht? Oder um achthundert Selfies zu machen, eins auszuwählen, vierhundert Filter zu probieren und Kontraste und Farben zu ändern? Ach ja, und um dann noch den Hashtag »heutekeinmakeup« hinzuzufügen. Ja, wundervoll, diese neue Natürlichkeit. Manchmal packen vor allem Frauen so viel Weichmach-Filter auf ihre Gesichter, dass sie aussehen wie aus dem Wachsfigurenkabinett entflohen.

Dann die ganzen Urlaubsfotos! Ich weiß es gar nicht mehr: Wenn ich im Urlaub nicht mindestens alle vier Sekunden ein Foto mache, einen Holiday-alles-sieht-so-schön-pastell-aus-Filter drüber lege und das dann im Internet poste … Bin ich dann überhaupt im Urlaub? Warum werde ich überhaupt mit solchen Fotos belästigt? Früher hatten wir auch keinen Instagram- oder Facebook-Account, wir haben unsere Freunde noch ganz klassisch zum sechsstündigen Diaabend genötigt.

Sorry, Leute, aber keine Sau glaubt euch diese »Alles-tutti-Welt«. Morgens: Yoga am See, daneben steht eine Tasse, äh, eine Bowl Avocado-Chiasamen-Müsli. Filter drüber, Hashtag »enjoy life«.

Nennen Sie mich altmodisch, aber ich ich fotografiere und poste nix. Ich frühstücke noch einfach so. Manchmal sogar die Chips, die vom Vorabend noch in meinen Haaren hängen. Hashtag »brauche Kaffee«.

Fazit: Der einzig akzeptable Filter ist und bleibt der Kaffeefilter.

Kindergeburtstage

Der Spruch »Das hier ist doch kein Kindergeburtstag« kann nur von Leuten kommen, die noch nie einen ausrichten mussten. Denn es ist die Hölle.

Letztes Jahr habe ich einen »Hänsel-und-Gretel-Geburtstag« organisiert. Gut, es sind nicht alle Kinder zurückgekommen. No risk, no fun!

Kurz bevor die Meute diesmal kommt, überlege ich ein letztes Mal, die Wohnung zu putzen, kann mich aber gerade noch zur Vernunft zwingen! Dafür habe ich Schokofrüchte, frisch gepressten Saft und selbstgekauften Kuchen wie ein Picknick auf dem Boden dekoriert.

Die Kinder sind da. Alles ist innerhalb von zwei Minuten im Teppich verschwunden. Die Kinder wissen auch meine pastellfarbenen Deko-Ideen, die ich mir im Internet von Prenzlauer-Berg-Muttis geholt habe, gar nicht zu schätzen. Stattdessen fragen sie: »Wann kommt denn jetzt der Darth Vader vorbei?« Und: »Warum gibt es hier keine Eisbahn in der Wohnung wie letztens bei der Mia?«

Was waren das noch für Zeiten, als man für einen Kindergeburtstag keine abgerichteten Einhörner anstellen musste, die die Kinder bedient haben? Oder kein Justin Bieber als Stargast vorbeikommen musste?

Bei uns gibt's nur Topfschlagen. Hatte ich zumindest so geplant. Stattdessen bricht das Chaos aus. Meine Tochter streitet sich mit einem anderen Mädchen um ein Spielzeug, mit dem sie seit Jahren nicht gespielt hat. Ich vergaß die Kinderspielregel Nummer eins: »Ich kann ohne dieses Spielzeug nicht leben, sobald ein anderes Kind es haben will.«

Ein Junge namens Brian, der sich aber »Brain« schreibt, hat sich mein nicht unbedingt kostengünstiges Hermés-Tuch umgebunden und will Pirat spielen. Super Idee! Um die Atmosphäre authentischer zu gestalten, öffne ich eine Flasche Jamaika-Rum. Denn das ist ja das Wichtigste an einem Kindergeburtstag, dass es authentisch ist.

Nein, danke:
Reden beim Friseur

Frage an alle Phobiespezialisten: Wie nennt man die Angst, sich beim Friseur unterhalten zu müssen? Einmal die Woche Döner bestellen und beim Paketmann auf dem Display unterschreiben, das reicht mir an sozialer Interaktion mit fremden Menschen.

Die absolute Höchststrafe für mich ist jedoch, beim Friseur über Wetter, Urlaub, Promis reden zu müssen. Ich will einfach nur seelenlos in die Pupillen meines Spiegelbilds glotzen.

Einmal wollte ein Friseur mit mir über Politik reden. Ist für mich relativ schwierig mit einer Schere am Kopf. Ganz schlimm ist es, wenn sich eine andre Friseurin mit ihrer Kundin voll vertraut amüsiert. Dann stehe ich unter Druck, genauso lustig zu sein wie die andere. Ist das dieses Wellness-Ding?

Ich finde, es sollte Orte und Ereignisse geben, für die ein grundsätzliches Rede-Verbot gilt: im Kino, bei Elternabenden und beim Friseur.

Ich geh mittlerweile lieber zum Zahnarzt als zum Friseur, weil man dort nicht so viel reden muss.

Aber letztens, da lerne ich seit Tagen alle Namen der kommenden Hoch- und Tiefdruckgebiete sowie alles über Helene Fischers neuen Freund auswendig, und dann will sich meine Friseurin gar nicht unterhalten. Frechheit!

Oh, Mutter Natur:
Problemobst

Ich würde ja gern mehr Obst essen, aber die Vitaminspender machen es mir nicht gerade leicht.

Zum Beispiel eine Mango. Wie schält und isst man die eigentlich außer nackt in der Badewanne? In der Küche flutscht sie mir beim Schälen jedes Mal auf den Boden. O Gott, wann hab ich eigentlich zuletzt den Küchenboden gewischt? Ach, egal. Ich hebe sie auf, schneide weiter … Boah, dieser riesige Kern … Also da hatte Mutter Natur wirklich einen schlechten Tag.

Ich kaufe jetzt immer schon die unreifen Mangos. Bääh, schmecken die mies! Aber sie lassen sich besser schneiden. Und noch ein Vorteil: Würde ich nicht ab und zu eine unreife, total fasrige Mango essen, würde ich vermutlich NIE Zahnseide benutzen.

Ein weiteres Problemobst: der Granatapfel. Ich meine, der ist wirklich der allerbeste Snack, wenn man mal denkt: Ach, in drei Stunden habe ich Lust, ein paar kleine Kerne zu essen. Und wie die Küche nach dem Entkernen aussieht! Da brauche ich erst mal einen Tatortreiniger.

Oder kennen Sie die Pomelo? Gibt es bereits medizinisch anerkannte Fälle von Burnout durch das Schälen dieser Frucht? Ich habe mehrjährige Lücken im Lebenslauf. Da habe ich Pomelos geschält!

Sinnlose Selbstversuche:
Sechs Wochen ohne Zucker

Ich hab's letztens versucht: sechs Wochen ohne Zucker. Damit mein Naschbrettbauch endlich verschwindet. Es folgt das Tagebuch einer Süchtigen.

Tag eins: So gut wie geschafft. Es ging. Ich habe niemanden ermordet. Bisher. Auf der Arbeit habe ich mich vor allem von Reiswaffeln ernährt. Jetzt sieht mein Arbeitsplatz aus, als würde ich zwischendurch gern mal was sägen.

Tag zwei: Das Ganze hat auch viele Vorteile – hauptsächlich zeitliche. Seit ich meinen Kaffee ohne Zucker trinke, brauche ich ihn auch nicht mehr zehn Sekunden lang umzurühren. Täglich eine Stunde mehr Freizeit!

Tag drei: Meine Freunde sind zu Besuch. Ich hasse sie. »Wir haben dir Nutella mitgebracht! Aber ohne Zucker. Und mit 'ner etwas anderen Konsistenz. Und ohne Scho…« – »Ist es Kohlrabi?« – »Ja.«

O Mann, ob mich Nutella ebenso sehr vermisst, wie ich sie vermisse?

Tag vier: Ich bin total high, es ist wunderbar, man muss sich eben manchmal im Leben anstreng … O GOOOOTT, ES IST SO GRAUSAM!

Tag fünf: Erste Süßwarenfabrikanten machen meinetwegen pleite. Aber Hauptsache, MIR geht's prima. Ich möchte alle Menschen umarmen. Und dabei in ihren Taschen nach Kekskrümeln wühlen!

Tag sechs: Es geht mir gut. SEHR, SEHR GUT! Ich habe angefangen zu rauchen. Beim Zubettgehen bete ich: Lieber Gott, bitte mach, dass morgen irgendwo Zucker drin ist, ohne dass ich es weiß.

Tag sieben: Jetzt heimlich und im Dunkeln ein Raffaello zu essen würde nicht gelten, weil es ja heimlich und im Dunkeln wäre, oder? Um mir die Dinger schlechtzureden, rede ich mir ein, sie sähen aus wie in geraspelter Hornhaut gewälzt. Es funktioniert nicht.

Tja, was soll ich sagen: Meine sechs Wochen sind nach einer Woche beendet. Es scheint zu stimmen, was man so sagt: Die Zeit vergeht mit dem Alter einfach schneller.

Endlich Einhornsalbe: Apotheken

Letztens war ich in der Apotheke. Obwohl, ich war mir nicht sicher: War ich da in einer Apotheke oder in einer Drogerie, einem Geschenkartikelladen oder einem Esoterikschuppen?

Was ist eigentlich los in den Läden dieser Stadt? In Buchhandlungen gibt's Anti-Bauchwehdrops, in Drogerien Fahrradschläuche und in Apotheken haufenweise Wellness- und Esoterikkrimskrams.

Diese Apotheke hatte Globuli gegen Wechseljahre und Zuckerkügelchen gegen Zahnschmerzen im Angebot! Wow, was die Medizin heutzutage alles kann! Und was macht dieses Erlenblätter-Kopfkissen hier? Das Birkenwasser? Der Gräser-Saunaaufguss? Ich will doch nur mit einer Packung Pflaster nach Hause und nicht mit einer Pollenallergie.

Ich frage die Apothekerin, was das alles noch mit Medizin zu tun habe. Sie sagt, die Kunden wollen in der Apotheke nicht nur mit Krankheiten konfrontiert werden, sondern auch Wohlfühlprodukte um sich haben. Okay. Was kommt als Nächstes? Einhornsalbe beim Hautarzt? Bachblütenkaugummi beim Onkologen?

Sogar Tierspielzeug gibt's hier. Aber keine Pflaster. Ach, na klar, um Pflaster zu kaufen, muss ich natürlich in den Buchladen gehen!

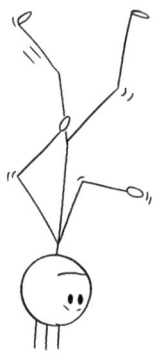

Inhaltsverzeichnis

Was für eine Stadt?!
Berlin für Berlinhasser

Kristjan Knall
**Berlin zum Abkacken –
Alle Arschlöcher
nach Bezirken**
Ein Handbuch

160 Seiten
Broschur
9,99 Euro
ISBN 978-3-359-02381-4

Berlin ist jung, dynamisch, kreativ und sexy – alles Schwachsinn! Berlin ist eine Kloake, ein durchkommerzialisiertes inhaltsleeres Versprechen, das magisch Verlierer, Möchtegerne und modeaffine Konsumenten anzieht und sie auf seine Straßen ausspeit. So schlimm wird es schon nicht sein? Hier finden Sie Gründe, jeden Berliner Stadtbezirk zu meiden. Eine bitterböse Satire über den Ausverkauf einer Stadt und ihre Bewohner.

Kurioses Wissen über Pillen und Drogen, Forscher und Giftmischer

Mark Benecke (Hrsg.)
Berlin mit Risiken und Nebenwirkungen

144 Seiten
Klappenbroschur
mit farbigen Abbildungen
9,99 Euro
ISBN 978-3-360-01319-4

Berlin als Pharmazie-Stadt?! Und ob! Ob Uran, Haushalts-zucker oder Tussamag-Hustensaft, wir verdanken den Berliner Apothekern einiges! Aber auch Giftmorde, Medikamentenskandale und illegale bunte Pillen gehören zu Historie und Gegenwart Berlins. Die Geschichte und Geschichten streifen Medizin und Chemie, Kultur und Wissenschaft. Mark Benecke, bekennender Experte für das Abseitige, nimmt Sie mit auf Entdeckungsreise an verborgene und vergessene Ecken, zu historischen Schätzen und überraschenden Fakten, und manchmal bis in die Abgründe der menschlichen Seele.

Die abgebildeten Illustrationen stammen von Bigstock.com.

Eulenspiegel Verlag –
eine Marke der Eulenspiegel Verlagsgruppe Buchverlage

ISBN 978-3-359-01162-0

1. Auflage 2019
© Eulenspiegel Verlagsgruppe Buchverlage GmbH, Berlin
Umschlaggestaltung: Buchgut, Berlin,
unter Verwendung einer Illustration von Christina Kuschkowitz
Printed in EU

www.eulenspiegel.com